Siete casas vacías

VOCES / LITERATURA

COLECCIÓN VOCES / LITERATURA 213

PREMIO
INTERNACIONAL
NARRATIVA
BREVE
RIBERA DEL
DUERO

Nuestro fondo editorial en www.paginasdeespuma.com

Samanta Schweblin, *Siete casas vacías*
Primera edición: mayo de 2015
Octava edición: abril de 2022

ISBN: 978-84-8393-185-1
Depósito legal: M-13655-2015
IBIC: FYB

© Samanta Schweblin, 2015
© De esta portada, maqueta y edición: Editorial Páginas de Espuma, S. L., 2015

Editorial Páginas de Espuma
Madera 3, 1.º izquierda
28004 Madrid

Teléfono: 91 522 72 51
Correo electrónico: info@paginasdeespuma.com

Impresión: Cofás

Impreso en España - Printed in Spain

Samanta Schweblin

Siete casas vacías

PÁGINAS DE ESPUMA

El día 9 de abril de 2015, un jurado compuesto por Enrique Pascual, presidente del Consejo Regulador de la Denominación de Origen Ribera del Duero, Rodrígo Fresán, escritor y presidente del jurado, Pilar Adón, escritora, Jon Bilbao, escritor, Andrés Neuman, escritor, Guadalupe Nettel, escritora y ganadora de la tercera edición del Premio, además de Juan Casamayor, director de la Editorial Páginas de Espuma, y Alfonso J. Sánchez, secretario general del Consejo Regulador de la Denominación de Origen Ribera del Duero, en calidad de secretario del jurado, ambos con voz pero sin voto, otorgó el IV Premio Internacional de Narrativa Breve Ribera del Duero, por mayoría, a *Siete casas vacías*, de Samanta Schweblin.

ÍNDICE

Antes que su hija de 5 años
se extraviara entre el comedor y la cocina,
él le había advertido: «esta casa no es grande ni pequeña,
pero al menor descuido, se borrarán las señales de ruta,
y de esta vida al fin, habrás perdido toda esperanza».

Juan Luis MARTÍNEZ, «La desaparición de una familia»

A: Me gusta este departamento.
B: Es lindo, sí, pero apenas lo suficientemente gran-
de para una persona, o bueno, dos personas que
sean realmente cercanas.
A: ¿Conoces a dos personas realmente cercanas?

Andy WARHOL, *La filosofía de Andy Warhol*

A Liliana y a Pablo,
mis padres

Nada de todo esto

—Nos perdimos —dice mi madre.

Frena y se inclina sobre el volante. Sus dedos finos y viejos se agarran al plástico con fuerza. Estamos a más de media hora de casa, en uno de los barrios residenciales que más nos gusta. Hay caserones hermosos y amplios, pero las calles son de tierra y están embarradas porque estuvo lloviendo toda la noche.

—¿Tenías que parar en medio del barro? ¿Cómo vamos a salir ahora de acá?

Abro mi puerta para ver qué tan enterradas están las ruedas. Bastante enterradas, lo suficientemente enterradas. Cierro de un portazo.

—¿Qué es lo que estás haciendo, mamá?

—¿Cómo que qué estoy haciendo? —su estupor parece sincero.

Sé exactamente qué es lo que estamos haciendo, pero acabo de darme cuenta de lo extraño que es. Mi madre no parece entender, pero responde, así que sabe a qué me refiero.

—Miramos casas —dice.

Parpadea un par de veces, tiene demasiado rímel en las pestañas.

—¿Miramos casas?

—Miramos casas —señala las casas que hay a los lados.

Son inmensas. Resplandecen sobre sus lomas de césped fresco, brillantes por la luz fuerte del atardecer. Mi madre suspira y, sin soltar el volante, recuesta su espalda en el asiento. No va a decir mucho más. Quizá no sabe qué más decir. Pero esto es exactamente lo que hacemos. Salir a mirar casas. Salir a mirar las casas de los demás. Intentar descifrar eso ahora podría convertirse en la gota que rebalsa el vaso, la confirmación de cómo mi madre ha estado tirando a la basura mi tiempo desde que tengo memoria. Mi madre pone primera y, para mi sorpresa, las ruedas resbalan un momento pero logra que el coche salga adelante. Miro hacia atrás el cruce, el desastre que dibujamos en la tierra arenosa del camino, y ruego por que ningún cuidador caiga en la cuenta de que hicimos lo mismo ayer, dos cruces más abajo, y otra vez más casi llegando a la salida. Seguimos avanzando. Mi madre conduce derecho, sin detenerse frente a ningún caserón. No hace comentarios sobre los cerramientos, las hamacas ni los toldos. No suspira ni tararea ninguna canción. No toma nota de las direcciones. No me mira. Unas cuadras más allá las casas se vuelven más y más residenciales y las lomas de césped ya no son tan altas, sino que, sin veredas, delineadas con prolijidad por algún jardinero, parten desde la mismísima calle de tierra y cubren el terreno perfectamente niveladas, como un espejo de agua verde al ras del suelo. Toma hacia la izquierda y avanza unos metros más. Dice en voz alta, pero para sí misma:

–Esto no tiene salida.

Hay algunas casas más adelante, luego un bosque se cierra sobre el camino.

–Hay mucho barro –digo–, da la vuelta sin parar el coche.

Me mira con el entrecejo fruncido. Se arrima al césped derecho e intenta retomar el camino hacia el otro lado. El resultado es terrible: apenas si acaba de tomar una desdibujada dirección diagonal cuando se encuentra con el césped de la izquierda y frena.

–Mierda –dice.

Acelera y las ruedas resbalan en el barro. Miro hacia atrás para estudiar el panorama. Hay un chico en el jardín, casi en el umbral de una casa. Mi madre vuelve a acelerar y logra salir en reversa. Y esto es lo que hace ahora: con el coche marcha atrás, cruza la calle, sube al césped de la casa del chico y dibuja, de lado a lado, sobre el amplio manto recién cortado, un semicírculo de doble línea de barro. El coche queda frente a los ventanales de la casa. El chico está de pie con su camión de plástico, mirándonos absorto. Levanto la mano, en un gesto que intenta ser de disculpas, o de alerta, pero él suelta el camión y entra corriendo a la casa. Mi madre me mira.

–Arrancá –digo.

Las ruedas patinan y el coche no se mueve.

–¡Despacio, mamá!

Una mujer aparece tras las cortinas de los ventanales y nos mira por la ventana, mira su jardín. El chico está junto a ella y nos señala. La cortina vuelve a cerrarse y mi madre hunde más y más el coche. La mujer sale de la casa. Quiere llegar hasta nosotras pero no quiere pisar su césped. Da los primeros pasos sobre el camino de madera barnizada y después corrige la dirección hacia nosotras pisando casi de puntillas. Mi madre dice mierda otra vez, por lo bajo. Suelta el acelerador y, por fin, suelta también el volante.

La mujer llega y se inclina hasta la ventanilla para hablarnos. Quiere saber qué hacemos en su jardín, y no lo pregunta de buena manera. El chico espía abrazado a una de las columnas de la entrada. Mi madre dice que lo siente, que lo siente muchísimo, y lo dice varias veces. Pero la mujer no parece escucharla. Solo mira su jardín, las ruedas hundidas en el césped, e insiste en preguntar qué hacemos ahí, por qué estamos hundidas en su jardín, si entendemos el daño que acabamos de hacer. Así que se lo explico. Digo que mi madre no sabe conducir en el barro. Que mi madre no está bien. Y entonces mi madre golpea su frente contra el volante y se queda así, no se sabe si muerta o paralizada. Su espalda tiembla y empieza a llorar. La mujer me mira. No sabe muy bien qué hacer. Sacudo a mi madre. Su frente no se separa del volante y los brazos caen muertos a los lados. Salgo del coche. Vuelvo a disculparme con la mujer. Es alta y rubia, grandota como el chico, y sus ojos, su nariz y su boca están demasiado juntos para el tamaño de su cabeza. Tiene la edad de mi madre.

—¿Quién va a pagar por esto? —dice.

No tengo dinero, pero le digo que vamos a pagar. Que lo siento y que, por supuesto, vamos a pagar. Eso parece calmarla. Vuelve su atención un momento sobre mi madre, sin olvidarse de su jardín.

—Señora, ¿se siente bien? ¿Qué trataba de hacer?

Mi madre levanta la cabeza y la mira.

—Me siento terrible. Llame a una ambulancia, por favor.

La mujer no parece saber si mi madre habla en serio o si le está tomando el pelo. Por supuesto que habla en serio, aunque la ambulancia no sea necesaria. Le hago a la mujer un gesto negativo que implica esperar, no hacer ningún llamado. La mujer da unos pasos hacia atrás, mira el coche viejo y oxidado de mi madre, y a su hijo atónito, un poco más allá. No quiere que estemos acá, quiere que desaparezcamos pero no sabe cómo hacerlo.

–Por favor –dice mi madre–, ¿podría traerme un vaso de agua hasta que llegue la ambulancia?

La mujer tarda en moverse, parece no querer dejarnos solas en su jardín.

–Sí –dice.

Se aleja, agarra al niño de la remera y se lo lleva dentro con ella. La puerta de entrada se cierra de un portazo.

–¿Se puede saber qué estás haciendo, mamá? Salí del coche, que voy a tratar de moverlo.

Mi madre se endereza en el asiento, mueve las piernas despacio, empieza a salir. Busco alrededor troncos medianos o algunas piedras para poner bajo las ruedas e intentar sacar el coche, pero todo está muy pulcro y ordenado. No hay más que césped y flores.

–Voy a buscar algunos troncos –le digo a mi madre señalándole el bosque que hay al final de la calle–. No te muevas.

Mi madre, que estaba a medio camino de salir del coche, se queda inmóvil un momento y luego se deja caer otra vez en el asiento. Me preocupa que esté anocheciendo, no sé si podré sacar el coche a oscuras. El bosque está solo a dos casas. Camino entre los árboles, me lleva unos minutos encontrar exactamente lo que necesito. Cuando regreso mi madre no está en el coche. No hay nadie fuera. Me acerco a la puerta de la casa. El camión del chico está tirado sobre el felpudo. Toco el timbre y la mujer viene a abrirme.

–Llamé a la ambulancia –dice–, no sabía dónde estaba usted y su madre dijo que iba a desmayarse otra vez.

Me pregunto cuándo fue la primera vez. Entro con los troncos. Son dos, del tamaño de dos ladrillos. La mujer me guía hasta la cocina. Atravesamos dos livings amplios y alfombrados, y enseguida escucho la voz de mi madre.

–¿Esto es mármol blanco? ¿Cómo consiguen mármol blanco? ¿De qué trabaja tu papá, querido?

Está sentada a la mesa, con una taza en la mano y la azucarera en la otra. El chico está sentado enfrente, mirándola.

–Vamos –digo, mostrándole los troncos.

–¿Viste el diseño de esta azucarera? –dice mi madre empujándola hacia a mí. Pero como ve que no me impresiona agrega–: de verdad me siento muy mal.

–Esa es un adorno –dice el chico–, esta es nuestra azucarera de verdad.

Le acerca a mi madre otra azucarera, una de madera. Mi madre lo ignora, se levanta y, como si fuera a vomitar, sale de la cocina. La sigo con resignación. Se encierra en un pequeño baño que hay junto al pasillo. La mujer y el hijo me miran pero no me siguen. Golpeo la puerta. Pregunto si puedo pasar y espero. La mujer se asoma desde la cocina.

–Me dicen que la ambulancia llega en quince minutos.

–Gracias –digo.

La puerta del baño se abre. Entro y vuelvo a cerrar. Dejo los troncos junto al espejo. Mi madre llora sentada sobre la tapa del inodoro.

–¿Qué pasa, mamá?

Antes de hablar dobla un poco de papel higiénico y se suena la nariz.

–¿De dónde saca la gente todas estas cosas? ¿Y ya viste que hay una escalera a cada lado del living? –Apoya la cara en las palmas de las manos–. Me pone tan triste que me quiero morir.

Tocan la puerta y me acuerdo de que la ambulancia está en camino. La mujer pregunta si estamos bien. Tengo que sacar a mi madre de esta casa.

—Voy a recuperar el coche —digo volviendo a levantar los troncos—. Quiero que en dos minutos estés afuera conmigo. Y más vale que estés ahí.

En el pasillo la mujer habla por celular pero me ve y corta.

—Es mi marido, está viniendo para acá.

Espero un gesto que me indique si el hombre vendrá para ayudarnos a nosotras o para ayudarla a ella a sacarnos de la casa. Pero la mujer me mira fijo cuidándose de no darme ninguna pista. Salgo y voy hacia el coche. Escucho al chico correr detrás de mí. No digo nada, coloco los troncos bajo las ruedas y busco dónde mi madre pudo haber dejado las llaves. Enciendo el motor. Tengo que intentarlo varias veces pero al fin el truco de los troncos funciona. Cierro la puerta y el chico se tiene que correr para que no lo pise. No me detengo, sigo las huellas del semicírculo hasta la calle. No va a venir sola, me digo a mí misma. ¿Por qué me haría caso y saldría de la casa como una madre normal? Apago el motor y entro a buscarla. El chico corre detrás de mí, abrazando los troncos llenos de barro.

Entro sin tocar y voy directo al baño.

—Ya no está en el baño —dice la mujer—. Por favor, saque a su madre de la casa. Esto ya se pasó de la raya.

Me lleva al primer piso. Las escaleras son amplias y claras, una alfombra color crema marca el camino. La mujer va delante, ciega a las marcas de barro que voy dejando en cada escalón. Me señala un cuarto, la puerta está entreabierta y entro sin abrirla del todo, para guardar cierta intimidad. Mi madre está acostada boca abajo sobre la alfombra, en medio del cuarto matrimonial. La azucarera está sobre la cómoda, junto a su reloj y sus pulseras, que evidentemente se ha quitado. Los brazos y las piernas están abiertos y separados, y por un momento me pregunto si habrá alguna otra manera de abrazar cosas tan descomunalmente grandes como una casa, si será eso lo que mi madre intenta hacer. Suspira y después se sienta en el piso, se acomoda la camisa y el pelo, me mira. Su cara ya no está tan roja, pero las lágrimas hicieron un desastre con el maquillaje.

–¿Qué pasa ahora? –dice.

–Ya está el coche. Nos vamos.

Espío hacia afuera para tantear qué hace la mujer, pero no la veo.

–¿Y qué vamos a hacer con todo esto? –dice mi madre señalando alrededor–. Alguien tiene que hablar con esta gente.

–¿Dónde está tu cartera?

–Abajo, en el living. En el primer living, porque hay uno más grande que da a la piscina, y uno más del otro lado de la cocina, frente al jardín trasero. Hay tres livings –mi madre saca un pañuelo de su jean, se suena la nariz y se seca las lágrimas –cada uno es para una cosa diferente.

Se levanta agarrándose de un barrote de la cama y camina hacia el baño de la habitación.

La cama está hecha con un doblez en la sábana superior que solo le vi hacer a mi madre. Bajo la cama, hecha un bollo, hay una colcha de estrellas fucsias y amarillas y una docena de pequeños almohadones.

–Mamá, por dios, ¿armaste la cama?

–Ni me hables de esos almohadones –dice, y después, asomándose detrás de la puerta para asegurarse de que la escucho–: y quiero ver esa azucarera cuando salga del baño, no se te ocurra hacer ninguna locura.

–¿Qué azucarera? –pregunta la mujer del otro lado de la puerta. Toca la puerta tres veces pero no se anima a entrar–. ¿Mi azucarera? Por favor, que eso era de mi mamá.

En el baño se escucha la canilla de la bañera. Mi madre regresa hacia la puerta y por un segundo creo que va a abrirle a la mujer, pero la cierra y me indica que baje la voz, que la canilla es para que no nos escuchen. Esta es mi madre, me digo, mientras abre los cajones de la cómoda y revisa el fondo entre la ropa, para confirmar que la madera de los interiores del mueble también sea de cedro. Desde que tengo memoria hemos salido a mirar casas, hemos sacado de estos jardines flores y macetas inapropiadas. Cambiado regadores de lugar, enderezado buzones de correo, recolectado adornos demasiado pesados para el césped. En cuanto mis pies llegaron a los pedales empecé a encargarme del coche. Esto le dio a mi madre más libertad. Una vez movió sola un banco blanco de madera y lo puso en el jardín de la casa de enfrente. Descolgó hamacas. Quitó yuyos malignos. Tres veces arrancó el nombre Marilú 2 de un cartel groseramente cursi. Mi padre se enteró de algún que otro cvento pero no creo que haya dejado a mi madre por eso. Cuando se fue, mi padre se llevó todas sus cosas menos la llave del coche, que dejó sobre uno de los pilones de revistas de hogares y decoración de mi madre, y por unos años ella prácticamente no se bajó del coche en ningún paseo. Desde el asiento del acompañante decía: «es *quicuyo*», «ese *Bow-Window* no es americano», «las flores de *hiedra francesa* no pueden ir junto a los *duraznillos negros*», «si alguna vez elijo ese tipo de *rosa nacarado* para el frente de la casa, por favor, contratá a alguien que me sacrifique».

Pero tardó mucho tiempo en volver a bajar del coche. Esta tarde, en cambio, ha cruzado una gran línea. Insistió en conducir. Se las ingenió para entrar a esta casa, al cuarto matrimonial, y ahora acaba de regresar al baño, de tirar en la bañera dos frascos de sales, y está empezando a descartar en el tacho algunos productos del tocador. Escucho el motor de un coche y me asomo a la ventana que da al jardín trasero. Ya casi es de noche, pero los veo. Él baja del coche y la mujer ya camina hacia él. Con su mano izquierda sostiene la del chico, la derecha se esmera doblemente en gestos y señales. Él asiente alarmado, mira hacia el primer piso. Me ve y, cuando me ve, yo entiendo que tenemos que movernos rápido.

—Nos vamos, mamá.

Está quitando los ganchos de la cortina del baño, pero se los saco de la mano, los tiro al piso, la agarro de la muñeca y la empujo hacia la escalera. Es algo bastante violento, nunca traté así a mi madre. Una furia nueva me empuja a la salida. Mi madre me sigue, tropezando a veces en los escalones. Los troncos están acomodados al pie de la escalera y los pateo al pasar. Llegamos al living, tomo la cartera de mi madre y salimos por la puerta principal.

Ya en el coche, llegando a la esquina, me parece ver las luces de otro coche que sale de la casa y dobla en nuestra dirección. Llego al primer cruce de barro a toda velocidad y mi madre dice:

—¿Qué locura fue todo eso?

Me pregunto si se refiere a mi parte o a la suya. En un gesto de protesta, mi madre se pone el cinturón. Lleva la cartera sobre las piernas y los puños cerrados en las manijas. Me digo a mí misma, ahora te calmás, te calmás, te calmás. Busco el otro coche por el espejo retrovisor pero no veo a nadie. Quiero hablar con mi madre pero no puedo evitar gritarle.

–¿Qué estás buscando, mamá? ¿Qué es todo esto?

Ella ni se mueve. Mira seria al frente, con el entrecejo terriblemente arrugado.

–Por favor, mamá ¿qué? ¿Qué carajo hacemos en las casas de los demás?

Se escucha a lo lejos la sirena de una ambulancia.

–¿Querés uno de esos livings? ¿Eso querés? ¿El mármol de las mesadas? ¿La bendita azucarera? ¿Esos hijos inútiles? ¿Eso? ¿Qué mierda es lo que perdiste en esas casas?

Golpeo el volante. La sirena de la ambulancia se escucha más cerca y clavo las uñas en el plástico. Una vez, cuando tenía cinco años y mi madre cortó todas las calas de un jardín, se olvidó de mí sentada contra la verja y no tuvo la valentía de volver a buscarme. Esperé mucho tiempo, hasta que escuché los gritos de una alemana que salía de la casa con una escoba, y corrí. Mi madre conducía en círculos dos cuadras a la redonda, y tardamos en encontrarnos.

–Nada de todo eso –dice mi madre manteniendo la vista al frente, y es lo último que dice en todo el viaje.

La ambulancia dobla hacia nosotras unas cuadras más adelante y nos pasa a toda velocidad.

Llegamos a casa media hora más tarde. Dejamos las cosas en la mesa y nos sacamos las zapatillas embarradas. La casa está fría, y desde la cocina veo a mi madre esquivar el sillón, entrar al cuarto, sentarse en su cama y estirarse para prender el radiador. Pongo agua a calentar para preparar té. Esto necesito ahora, me digo, un poco de té, y me siento junto a la hornalla a esperar. Cuando estoy poniendo el saquito en la taza suena el timbre. Es la mujer, la dueña de la casa de los tres livings. Abro y me quedo mirándola. Le pregunto cómo sabe dónde vivimos.

–Las seguí –dice mirándose los zapatos.

Tiene una actitud distinta, más frágil y paciente, y aunque abro el mosquitero para dejarla entrar no parece animarse a dar el primer paso. Miro la calle hacia ambos lados y no veo ningún coche en el que una mujer como ella podría haber venido.

–No tengo el dinero –digo.

–No –dice ella–, no se preocupe, no vine por eso. Yo… ¿Está su madre?

Escucho la puerta del cuarto cerrarse. Es un golpe fuerte, pero quizá difícil de escuchar desde la calle.

Niego. Ella vuelve a mirar sus zapatos y espera.

–¿Puedo pasar?

Le indico una silla junto a la mesa. Sobre las baldosas de ladrillo, sus tacos hacen un ruido distinto al de nuestros tacos, y la veo moverse con cuidado: los espacios de esta casa son más acotados y la mujer no parece sentirse cómoda. Deja su bolso sobre las piernas cruzadas.

–¿Quiere un té?

Asiente.

–Su madre… –dice.

Le acerco una taza caliente y pienso «su madre está otra vez en mi casa», «su madre quiere saber cómo pago los tapizados de cuero de todos mis sillones».

–Su madre se llevó mi azucarera –dice la mujer.

Sonríe casi a modo de disculpas, revuelve el té, lo mira pero no lo toma.

–Parece una tontería –dice–, pero, de todas las cosas de la casa, es lo único que tengo de mi madre y… –hace un sonido extraño, casi como un hipo, y los ojos se le llenan de lágrimas–, necesito esa azucarera. Tiene que devolvérmela.

Nos quedamos un momento en silencio. Ella esquiva mi mirada. Yo miro un momento hacia el patio trasero y la veo, veo a mi madre, y enseguida distraigo a la mujer para que no mire también.

–¿Quiere su azucarera? –pregunto.

–¿Está acá? –dice la mujer e inmediatamente se levanta, mira la mesada de la cocina, el living, el cuarto un poco más allá.

Pero no puedo evitar pensar en lo que acabo de ver: mi madre arrodillada en la tierra bajo la ropa colgada, metiendo la azucarera en un nuevo agujero del patio.

–Si la quiere, encuéntrela usted misma –digo.

La mujer se queda mirándome, le lleva unos cuantos segundos asumir lo que acabo de decir. Después deja la cartera en la mesa y se aleja despacio. Parece costarle avanzar entre el sillón y el televisor, entre las torres de cajas apilables que hay por todos lados, como si ningún sitio fuera adecuado para empezar a buscar. Así me doy cuenta de qué es lo que quiero. Quiero que revuelva. Quiero que mueva nuestras cosas, quiero que mire, aparte y desarme. Que saque todo afuera de las cajas, que pise, que cambie de lugar, que se tire al suelo y también que llore. Y quiero que entre mi madre. Porque si mi madre entra ahora mismo, si se recompone pronto de su nuevo entierro y regresa a la cocina, la aliviará ver cómo lo hace una mujer que no tiene sus años de experiencia, ni una casa donde hacer bien este tipo de cosas, como corresponde.

MIS PADRES Y MIS HIJOS

—¿DÓNDE ESTÁ LA ROPA de tus padres? —pregunta Marga.

Cruza los brazos y espera mi respuesta. Sabe que no lo sé, y que necesito que ella haga una nueva pregunta. Del otro lado del ventanal, mis padres corren desnudos por el jardín trasero.

—Van a ser las seis, Javier —me dice Marga—. ¿Qué va a pasar cuando llegue Charly con los chicos del súper y vean a sus abuelos corriéndose uno al otro?

—¿Quién es Charly? —pregunto.

Creo que sé quién es Charly, es el gran-hombre-nuevo de mi exmujer, pero me gustaría que en algún momento ella me lo explicara.

—Se van a morir de vergüenza de sus abuelos, eso va a pasar.

—Están enfermos, Marga.

Suspira. Yo cuento ovejas para no amargarme, para tener paciencia, para darle a Marga el tiempo que necesita. Digo:

–Querías que los chicos vieran a sus abuelos. Querías que trajera a mis padres hasta acá, porque acá, a trescientos kilómetros de mi casa, se te ocurrió que sería bueno pasar las vacaciones.

–Dijiste que estaban mejor.

Detrás de Marga mi padre riega a mi madre con la manguera. Cuando le riega las tetas, mi madre se sostiene las tetas. Cuando le riega el culo, mi madre se sostiene el culo.

–Sabés cómo se ponen si los sacás de su ambiente –digo–, y el aire libre…

¿Es mi madre la que sostiene lo que mi padre riega o es mi padre el que riega lo que mi madre se sostiene?

–Ajá. Así que para invitarte a pasar unos días con tus hijos, a los que, además, hace tres meses que no ves, tengo que prever el nivel de excitación de tus padres.

Mi madre alza al caniche de Marga y lo sostiene arriba de su cabeza, girando sobre sí misma. Yo intento no quitar la vista de Marga para que de ninguna forma se vuelva hacia ellos.

–Quiero dejar toda esta locura atrás, Javier.

«Esta locura», pienso.

–Si eso implica que veas menos a los chicos… No puedo seguir exponiéndolos.

–Solo están desnudos, Marga.

Va hacia adelante, la sigo. Detrás de mí, el caniche continúa girando en el aire. Antes de abrir Marga se arregla el pelo frente a los vidrios de la puerta, se acomoda el vestido. Charly es alto, fuerte y tosco. Parece el tipo del noticiero de las doce después de hincharse el cuerpo de ejercicios. Mi hija de cuatro y mi hijo de seis cuelgan de sus brazos como dos flotadores infantiles. Charly los ayuda a caer con delicadeza, acercando a la tierra su inmenso torso de gorila y quedando libre para darle un beso a Marga. Después viene hacia mí y por un momento temo que no sea amable. Pero me da la mano, y sonríe.

–Javier, te presento a Charly –dice Marga.

Siento a los chicos golpear contra mis piernas y abrazarme. Sostengo con fuerza la mano de Charly que me sacude el cuerpo. Los chicos se sueltan y salen corriendo.

–¿Qué te parece la casa, Javi? –dice Charly, levantando su vista detrás de mí, como si hubieran alquilado un verdadero castillo.

«Javi –pienso–. Esta locura», pienso.

El caniche aparece llorando por lo bajo con la cola entre las patas. Marga lo alza y, mientras el perro la lame, ella frunce la nariz y le dice: «michiquititingo-michiquititingo». Charly la mira con la cabeza inclinada, quizá solo intenta entender. Entonces ella se vuelve en seco hacia él, alarmada, y dice:

–¿Dónde están los chicos?

–Estarán detrás –dice Charly–, en el jardín.

–Es que no quiero que vean así a sus abuelos.

Los tres giramos a un lado y al otro, pero no los vemos.

–Ves, Javier, esto es justamente el tipo de cosas que quiero evitar –dicc Marga alejándose unos pasos–, ¡chicos!

Va hacia el jardín de atrás bordeando la casa. Charly y yo la seguimos.

–¿Qué tal la ruta? –pregunta Charly.

Hace el gesto de girar el volante con una mano, simula pasar un cambio y acelerar con la otra. Hay estupidez y excitación en cada uno de sus movimientos.

–No manejo.

Se agacha para levantar algunos juguetes que hay en el camino y los deja a un lado, ahora tiene el ceño fruncido.

Temo llegar al jardín y encontrar juntos a mis hijos y mis padres. No, lo que temo es que sea Marga quien los encuentre juntos, y la gran escena recriminatoria que se avecina. Pero Marga está sola en el medio del jardín, esperándonos con los puños en la cintura. Entramos a la casa siguiéndola. Somos sus más humildes seguidores y eso es tener algo en común con Charly, algún tipo de relación. ¿Realmente habrá disfrutado de la ruta en su viaje?

—¡Chicos! —grita Marga en las escaleras, está furiosa pero se contiene, tal vez porque Charly todavía no la conoce bien. Vuelve y se sienta en una banqueta de la cocina—. Necesitamos tomar algo, ¿no?

Charly saca un refresco de la heladera y lo sirve en tres vasos. Marga toma un par de tragos y se queda un momento mirando el jardín.

—Esto está muy mal. —Se pone otra vez de pie—. Esto está muy mal. Es que podrían estar haciendo cualquier cosa. —Y ahora sí me mira a mí.

—Busquemos otra vez —digo, pero para entonces ella ya está saliendo al jardín trasero.

Regresa unos segundos después.

—No están —dice—, dios mío, Javier, no están.

—Sí que están Marga, tienen que estar en algún lugar.

Charly sale por la puerta principal, cruza el jardín delantero y sigue las huellas de los coches que llevan hasta el camino. Marga sube las escaleras y los llama desde la planta alta. Salgo y rodeo la casa. Paso los garajes abiertos, llenos de juguetes, baldes y palas de plástico. Entre las ramas de dos árboles veo que el delfín inflable de los chicos cuelga ahorcado de una de las ramas. La soga está hecha con la ropa de *jogging* de mis padres. Marga se asoma desde una de las ventanas y cruzamos miradas un segundo. ¿Ella buscará también a mis padres o solo buscará a los chicos? Entro a la casa por la puerta de la cocina. Charly está entrando en ese momento por la principal y me dice desde el living:

—Delante no están.

Su cara ya no es amable. Ahora tiene dos líneas entre las cejas y sobreactúa sus movimientos como si Marga estuviera controlándolo: pasa rápidamente de la quietud a la acción, se agacha bajo la mesa, se asoma detrás del vajillero, espía tras la escalera, como si solo pudiera encontrar a los chicos tomándolos por sorpresa. Me veo obligado a seguir sus pasos y no puedo concentrarme en mi propia búsqueda.

—No están afuera —dice Marga—, ¿habrán vuelto al coche? En el coche, Charly, en el coche.

Espero pero no hay ninguna instrucción para mí. Charly vuelve a salir y Marga sube otra vez a los cuartos. La sigo, ella va al que aparentemente ocupa Simón, así que yo busco en el de Lina. Cambiamos de cuartos y volvemos a buscar. Cuando estoy mirando bajo la cama de Simón, la escucho putear.

—La puta madre que los parió —dice, así que asumo que no es porque haya encontrado a los chicos. ¿Habrá encontrado a mis padres?

Buscamos juntos en el baño, en el altillo y en el dormitorio matrimonial. Marga abre los placares, corre algunas prendas que cuelgan de las perchas. Hay pocas cosas y todo está muy ordenado. Es una casa de verano, me digo, pero después pienso en la verdadera casa de mi mujer y mis hijos, la casa que antes también era mi casa, y me doy cuenta de que siempre fue así en esta familia, que todo fue poco y ordenado, que nunca sirvió de nada correr las perchas para encontrar algo más. Escuchamos a Charly entrar otra vez a la casa, nos cruzamos en el living.

–No están en el coche –le dice a mi mujer.

–Esto es culpa de tus viejos –dice Marga.

Me empuja hacia atrás golpeándome un hombro.

–Es tu culpa. ¿Dónde mierda están mis hijos? –grita y sale corriendo de nuevo al jardín.

Los llama a un lado y otro de la casa.

–¿Qué hay detrás de los arbustos? –le pregunto a Charly.

Me mira y mira otra vez a mi mujer, que sigue gritando.

–¡Simón! ¡Lina!

–¿Hay vecinos del otro lado de los arbustos? –pregunto.

–Creo que no. No sé. Hay quintas. Lotes. Las casas son muy grandes.

Puede que tenga razón en dudar, pero me parece el hombre más estúpido que vi en mi vida. Marga regresa.

–Voy adelante –dice, y nos separa para pasar por el medio–. ¡Simón!

–¡Papá! –grito yo caminando detrás de Marga–. ¡Mamá!

Marga va unos metros delante de mí cuando se detiene y levanta algo del piso. Es algo azul, y lo sostiene de una punta, como si se tratara de un animal muerto. Es el buzo de Lina. Se vuelve para mirarme. Va a decirme algo, va a putearme otra vez de arriba abajo pero ve que más allá hay otra prenda y va hacia ella. Siento a mis espaldas la sombra descomunal de Charly. Marga levanta la remera fucsia de Lina, y más allá una de sus zapatillas, y más allá la camiseta de Simón.

Hay más en el camino, pero Marga se detiene en seco y se vuelve hacia nosotros.

–Llamá a la policía, Charly. Llamá a la policía *ahora*.

–Bichi, no es para tanto… –dice Charly.

«Bichi», pienso.

–Llamá a la policía, Charly.

Charly se da media vuelta y camina apurado hacia la casa. Marga junta más ropa. La sigo. Levanta una prenda más y se para frente a la última. Es el shortcito de malla de Simón. Es amarillo y está un poco enroscado. Marga no hace nada. Quizá no puede agacharse por esa prenda, quizá no tenga las fuerzas suficientes. Está de espaldas y su cuerpo parece empezar a temblar. Me acerco despacio, intentando no sobresaltarla. Es una malla muy chiquita. Podría entrar en mis manos, cuatro dedos en un agujero, el dedo gordo en el otro.

—En un minuto están acá —dice Charly viniendo desde la casa—, mandan al patrullero de la rotonda.

—A vos y a tu familia los voy a… —dice Marga viniendo hacia mí.

—Marga…

Levanto la malla y entonces Marga me salta encima. Trato de sostenerme pero pierdo el equilibrio. Me cubro la cara de sus cachetazos. Charly ya está acá e intenta separarnos. El patrullero para en la puerta y hace sonar una vez la sirena. Dos policías bajan rápido y se apuran para ayudar a Charly.

—No están mis hijos —dice Marga—, no están mis hijos —y señala la malla que cuelga de mi mano.

—¿Quién es este hombre? —dice el policía—. ¿Usted es el marido? —le preguntan a Charly.

Intentamos explicarnos. Contra mi primera impresión ni Marga ni Charly parecen culparme. Solo reclaman por los chicos.

—Mis hijos están perdidos con dos locos —dice Marga.

Pero los policías solo quieren saber por qué estábamos peleando. El pecho de Charly empieza a hincharse y por un momento temo que se tire sobre los policías. Dejo caer resignadamente las manos, como hizo Marga conmigo hace un rato, y solo logro que los ojos del segundo policía sigan con alarma la oscilación de la malla.

—¿Qué mira? —dice Charly.

—¿Qué? —dice el policía.

—Que está mirando esa malla desde que se bajó del coche, ¿quiere avisar de una vez a alguien que hay dos chicos desaparecidos?

—Mis hijos —insiste Marga. Se planta frente a uno de los policías y lo repite muchas veces, quiere que la policía se concentre en lo importante—, mis hijos, mis hijos, mis hijos.

—¿Cuándo los vieron por última vez? —dice al fin el otro.

—No están en la casa —dice Marga— se los llevaron.

—¿Quién se los llevó, señora?

Niego e intento intervenir, pero se me adelantan.

—¿Está hablando de un secuestro?

—Podrían estar con los abuelos —digo.

—Están con dos viejos desnudos —dice Marga.

—¿Y de quién es esta ropa, señora?

—De mis hijos.

—¿Me está diciendo que hay chicos y adultos desnudos y juntos?

—Por favor —dice la voz ya quebrada de Marga.

Por primera vez me pregunto qué tan peligroso es que tus hijos anden desnudos con tus padres.

—Pueden estar escondidos —digo—, no hay que descartarlo todavía.

—¿Y usted quién es? —dice el policía mientras el otro ya está llamando por radio a la central.

—Soy su marido —digo.

Así que el policía mira ahora a Charly. Marga vuelve a enfrentarlo, temo que para negarle lo que acabo de decir, pero dice:

–Por favor: mis hijos, mis hijos.

El primer policía deja el radio y se acerca:

–Los padres al coche, el señor –señalando a Charly– se queda por si los chicos vuelven a la casa.

Nos quedamos mirándolo.

–Al coche, vamos, hay que moverse rápido.

–De ninguna manera –dice Marga.

–Señora por favor, hay que asegurarse de que no estén yendo hacia la ruta.

Charly empuja a Marga hacia el patrullero y yo la sigo. Subimos y cierro mi puerta con el coche ya en marcha. Charly está de pie, mirándonos, y yo me pregunto si esos trescientos kilómetros de excitante conducción los habrá hecho con mis hijos sentados atrás. El patrullero retrocede un poco de culata y salimos del terreno hacia la ruta, a toda velocidad. En ese momento me vuelvo hacia la casa. Los veo, ahí están los cuatro: a espaldas de Charly, más allá del jardín delantero, mis padres y mis hijos, desnudos y empapados detrás del ventanal del living. Mi madre restriega sus tetas contra el vidrio y Lina la imita mirándola con fascinación. Gritan de alegría, pero no se los escucha. Simón las imita a ambas con los cachetes del culo. Alguien me arranca la malla de la mano y escucho a Marga putear al policía. El radio hace ruido. Gritan a la central dos veces las palabras «adultos y menores», una vez «secuestro», tres veces «desnudos», mientras mi exmujer golpea con los puños el asiento trasero del conductor. Así que me digo a mí mismo «no abras la boca», «no digas ni mu», porque veo a mi padre mirar hacia acá: su torso viejo y dorado por el sol, su sexo flojo entre las piernas. Sonríe triunfal y parece reconocerme. Abraza a mi madre y a mis hijos, despacio, cálidamente, sin despegar a nadie del vidrio.

Pasa siempre en esta casa

El señor Weimer está tocando la puerta de mi casa. Reconozco el sonido de su puño pesado, sus golpes cautos y repetitivos. Así que dejo los platos en la pileta y miro el jardín: ahí está otra vez, toda esa ropa tirada en el pasto. Pienso que las cosas suceden siempre en el mismo orden, incluso las más insólitas, y lo pienso como si lo hiciera en voz alta, de un modo ordenado que requiere la búsqueda de cada palabra. Cuando lavo los platos se me da bien este tipo de reflexiones, basta abrir la canilla para que las ideas inconexas finalmente se ordenen. Es apenas un lapso de iluminación; si cierro la canilla, para tomar nota, las palabras desaparecen. Los puños del señor Weimer llaman otra vez, sus golpes son ahora más fuertes, pero él no es un hombre violento, es un pobre vecino atormentado por su mujer, uno que no sabe muy bien cómo seguir adelante con su vida, pero no por eso deja de intentarlo. Uno que, cuando perdió a su hijo y pasé por el velorio a saludar, me dio un abrazo rígido y frío, y esperó unos minutos conversando con otros invitados antes de volver y decirme casi al oído «acabo de descubrir quiénes son los chicos que vuelcan los tachos de basura. Ya no hay que preocuparse por eso». Esa clase de hombre. Cuando la mujer tira la ropa del hijo muerto en mi jardín él golpea la puerta para recogerlo todo. Mi hijo, que en lo práctico sería el hombre de la casa, dice que esto es algo de locos, y se enfurece cada vez que los Weimer empiezan con este lío ya digamos quincenal. Hay que abrir, ayudar a recoger la ropa, darle al hombre unas palmadas en la espalda, asentir cuando dice que el tema está prácticamente solucionado, que nada de esto es demasiado terrible, y luego, unos cinco minutos después de que se haya ido, escuchar los gritos de ella. Mi hijo cree que ella grita al abrir el placar y encontrar otra vez la ropa del chico. «¿Me están jodiendo? –dice mi hijo en cada nuevo episodio–, la próxima quemo toda la ropa». Corro el pasador y ahí está Weimer con su palma derecha apoyada en la frente, casi tapándose los ojos, esperando mi aparición para bajar el brazo con cansancio y disculparse «no quiero importunarla, pero». Abro y pasa, ya sabe cómo llegar al jardín. Hay limonada fresca en la heladera y la sirvo en dos vasos mientras él se aleja. Por la ventana de la cocina lo veo husmear el pasto y rodear los geranios, donde suelen caer las cosas. Al salir dejo que la puerta del mosquitero golpee, porque hay algo íntimo en esta recolección que no me gusta interrumpir. Me acerco despacio. Él se incorpora con un suéter en la mano. Tiene más ropa apilada en el otro brazo, eso parece ser todo. «¿Quién podó los pinos?», pregunta. «Mi hijo», digo. «Están muy bien», asiente mirándolos. Son tres árboles enanos y mi hijo intentó una forma cilíndrica, un poco artificial pero original, hay que decirlo. «Tome una limonada», digo. Junta la ropa en un solo brazo y le doy el vaso. El sol todavía no quema, porque es temprano. Miro de reojo el banco que tenemos un poco más allá, es de cemento y a esta hora se siente tibio, casi una panacea. «Weimer», digo, porque es más cálido que «señor Weimer». Y pienso: «hágame caso, tire esa ropa. Es lo único que quiere su mujer». Pero quizá sea él el que arroja la ropa y luego se arrepiente, y entonces sea ella la pobre mujer a quien su marido atormenta cada vez que lo ve entrar con esa ropa. Quizá ya intentaron tirar todo en una gran bolsa de consorcio, y el basurero les tocó el timbre para devolvérsela como nos pasó con la ropa vieja de mi hijo, «Señora, por qué no lo dona, si lo subo al camión esto no sirve para nadie», y ahí está la bolsa en el lavadero, hay que llevarla urgente esta semana, no sé, a algún lugar. Weimer espera, me espera. La luz ilumina sus pocos pelos largos y blancos, la barba plateada apenas dibujada en la quijada, los ojos claros pero opacos, muy chicos para el tamaño de su cara. No digo nada, creo que el señor Weimer adivina lo que pienso. Baja un momento su mirada. Bebe más limonada atento ahora a su casa, detrás de la ligustrina que divide nuestros jardines. Busco algo útil que decir, algo que confirme que reconozco su esfuerzo y que sugiera algún tipo de solución, optimista e imprecisa. Vuelve a mirarme. Parece intuir hacia dónde va esta conversación que no hemos empezado, parece animarse a entender. «Cuando algo no encuentra su lugar...», digo, suspendiendo las últimas letras en el aire. Weimer asiente una vez y espera. Dios santo, pienso, estamos sincronizados. Sincronizada con este hombre que diez años atrás le devolvía a mi hijo las pelotas pinchadas, que cortaba las flores de mis azaleas si cruzaban la línea imaginaria que dividía nuestros terrenos. «Cuando algo no encuentra su lugar», retomo mirando su ropa. «Dígame, por favor», dice Weimer. «No sé, pero hay que mover otras cosas». Hay que hacer lugar, pienso, por eso me vendría tan bien que alguien se llevara la bolsa que tengo en el lavadero. «Sí», dice Weimer queriendo evidentemente decir «Continúe». Escucho la puerta de entrada, es un ruido que a Weimer no le dice nada, pero que a mí me indica que mi hijo ya está en casa, a salvo y con hambre. Doy un paso largo hacia el banco y me siento. Pienso que el cemento cálido del banco también sería una bendición para él, y hago lugar para que se sume. «Deje la ropa», le digo. Él no parece tener ningún problema con esto, mira hacia los lados buscando dónde dejarla y pienso, Weimer puede hacerlo, claro que sí. «¿Dónde?», pregunta. «Déjela sobre los cilindros», digo señalando los pequeños pinos. Weimer obedece. Deja la ropa y se sacude el césped de las manos. «Siéntese». Se sienta. Qué hago ahora con este viejo. Pero hay algo en él que me anima a seguir adelante. Algo parecido a tener las manos bajo el agua de la canilla, una calma que me permite pensar las palabras, ordenar los hechos, las cosas que suceden siempre en un mismo orden. La expectativa de Weimer parece crecer, casi se diría que espera una instrucción. Es un poder y una responsabilidad con la que no resuelvo qué hacer. Sus ojos claros se humedecen: la confirmación final de esta sincronización insólita. Lo miro descaradamente, sin dejarle ningún espacio de intimidad, porque no puedo creer que esto esté pasando ni soporto el peso que tiene sobre mí. Senté al señor Weimer y ahora quiero decir algo que resuelva este problema. Bebo el fondo de la limonada y pienso en algún conjuro sonoro y práctico, una consigna que nos beneficie a todos como «cómprele a mi hijo cuantas pelotas le haya desinflado y todo se solucionará», «si llora sin soltar su limonada ella dejará de tirar la ropa», o «deje la ropa sobre los pinos una noche y si amanece despejado es que el problema desaparecerá»; por dios, yo misma podría tirarla a la madrugada mientras me fumo mi último cigarrillo del día. Debería mezclarla con basura para que el hombre del camión no la devuelva, eso mismo hay que hacer con la de mi hijo, urgente esta semana. Decir algo que resuelva este problema, me repito para no perder el hilo. Dije cosas muchas veces y, ya pronunciadas, las palabras ejercieron su efecto. Retuvieron a mi hijo, alejaron a mi marido, se ordenaron divinamente en mi cabeza cada vez que lavé los platos. En mi jardín Weimer bebe el fondo de su vaso y los ojos terminan de llenársele de lágrimas, como si se tratara de algún efecto del limón, y yo pienso que quizá esté muy fuerte para él, que quizá hay un momento en que el efecto ya no depende de las palabras o en el que lo imposible es la pronunciación. «Sí», dijo Weimer hace unos largos segundos, un sí que era un «continúe», un «por favor», y ahora estamos anclados juntos, los dos vasos vacíos sobre el banco de cemento, y sobre el banco nuestros cuerpos. Entonces tengo una visión, un deseo: mi hijo abre la puerta mosquitero y camina hacia nosotros. Tiene los pies descalzos, pisan rápido, jóvenes y fuertes sobre el césped. Está indignado con nosotros, con la casa, con todo lo que sucede siempre en esta casa en un mismo orden. Su cuerpo crece hacia nosotros con una energía poderosa que Weimer y yo esperamos sin miedo, casi con ansias. Su cuerpo enorme que a veces me recuerda al de mi marido y me obliga a cerrar los ojos. Está a solo unos metros, ahora casi sobre nosotros. Pero no nos toca. Miro otra vez y mi hijo se desvía hacia los pinos enanos. Agarra la ropa furioso, junta todo en un único bollo y regresa en silencio por donde vino, su cuerpo ya lejano y pequeño, a contraluz. «Sí», dice Weimer, y suspira; y no es el primer «Sí» repitiéndose. Es un sí más abierto, casi ensoñador.

La respiración cavernaria

La lista era parte de un plan: Lola sospechaba que su vida había sido demasiado larga, tan simple y liviana que ahora carecía del peso suficiente para desaparecer. Había concluido, al analizar la experiencia de algunos conocidos, que incluso en la vejez la muerte necesitaba de un golpe final. Un empujón emocional, o físico. Y ella no podía darle a su cuerpo nada de eso. Quería morirse, pero todas las mañanas, inevitablemente, volvía a despertarse. Lo que sí podía hacer, en cambio, era organizarlo todo en esa dirección, aminorar su propia vida, reducir su espacio hasta eliminarlo por completo. De eso se trataba la lista, de eso y de mantenerse focalizada en lo importante. Recurría a ella cuando se dispersaba, cuando algo la alteraba o la distraía y olvidaba qué era lo que estaba haciendo. Era una lista breve:

Clasificarlo todo.

Donar lo prescindible.

Embalar lo importante.

Concentrarse en la muerte.

Si él se entromete, ignorarlo.

La lista la ayudaba a lidiar con su cabeza, pero para el estado deplorable de su cuerpo no había encontrado ninguna solución. Ya no aguantaba más de cinco minutos de pie, y no solo luchaba con sus problemas de la columna. A veces, su respiración se alteraba y necesitaba tomar más aire de lo normal. Entonces inhalaba todo lo que podía, y exhalaba con un sonido áspero y grave, tan extraño que nunca terminaría de asimilar como propio. Si caminaba a oscuras en la noche, de la cama al baño y del baño a la cama, el sonido le parecía el de un ser ancestral respirándole en la nuca. Nacía en las profundidades de sus pulmones y era el resultado de una necesidad física inevitable. Para disimularlo, Lola sumaba a la exhalación un silbido nostálgico, una melodía entre amarga y resignada que había ido asentándose poco a poco en ella. Lo importante está en la lista, se decía a sí misma cada vez que el desgano la inmovilizaba. Todo lo demás, le daba igual.

*

Desayunaban en silencio. Él preparaba todo y lo hacía del modo que a Lola le gustaba. Tostadas de pan integral, dos frutas cortadas en trozos pequeños, mezclados y vueltos a dividir en una porción para cada uno. En el centro de la mesa el azúcar y el queso blanco; junto a la taza de café de ella, el dulce de naranja bajo en calorías; junto al café de él, el dulce de batata y el yogur. El diario era de él, pero las secciones de salud y bienestar eran para ella y estaban dobladas junto a su servilleta, para cuando terminara de desayunar. Si ella lo miraba con el cuchillo de untar en la

SAMANTA SCHWEBLIN

mano, él le acercaba el plato con tostadas. Si ella miraba fijamente alguna zona particular del mantel, él la dejaba estar, porque sabía que algo más estaba pasando, algo en lo que él no podía meterse. Ella lo miraba masticar, sorber el café, pasar las páginas del diario. Le miraba las manos ya tan poco masculinas, blancas y finas, las uñas limadas con prolijidad, el poco pelo que le quedaba en la cabeza. No llegaba a grandes conclusiones ni tomaba decisiones al respecto. Solo lo miraba y se recordaba a sí misma datos concretos que nunca analizaba: «hace cincuenta y siete años que estoy casada con este hombre», «esto es mi vida ahora». Cuando terminaban el desayuno llevaban las cosas hasta la pileta. Él le acercaba el banco y ella lavaba sentada. Era un banco que le permitía apoyar los codos sobre la bacha, así que casi no debía encorvarse. Él se hubiera ocupado de los platos sin problema, pero ella no quería deberle nada, y él la dejaba hacer. Lola lavaba despacio, pensando en el cronograma de la televisión de ese día y en su lista. La llevaba doblada en dos en el bolsillo del delantal de la cocina. Si estaba desplegada, una cruz blanca se dibujaba en el centro del papel. Sabía que pronto empezaría a romperse. A veces, en días como ese, Lola necesitaba más tiempo, terminaba de lavar y no se sentía preparada para continuar con el resto del día, así que repasaba un rato la mugre que se juntaba entre el metal y el plástico de las cucharas pequeñas, las piedras de azúcar húmeda en la tapa de la azucarera, la base oxidada de la pava, el sarro alrededor de la canilla.

También, a veces, Lola cocinaba. Él le llevaba el banco hasta la cocina y disponía todo lo que ella pidiera. No es que ella no pudiera moverse, podía hacerlo si algo importante lo justificaba, pero desde que la columna y su agitación lo hacían todo tan difícil, ahorraba esfuerzos para los momentos en los que él no pudiera ayudarla. Él se ocupaba de los impuestos, del jardín, de las compras y de todo lo que sucedía puertas afuera. Ella hacía una lista –otra lista, la de las compras–, y él se limitaba a eso. Si faltaba algo debía volver a salir, y, si sobraba, ella preguntaba qué era y cuánto había costado.

A veces él compraba chocolatada, venía en polvo para preparar con leche, como la que tomaba su hijo antes de enfermarse. El hijo que habían tenido no había llegado a pasar la altura de las alacenas. Había muerto mucho antes. A pesar de todo lo que se puede dar y perder por un hijo, a pesar del mundo y de todo lo que hay sobre el mundo, a pesar de que ella tiró de la alacena las copas de cristal y las pisó descalza, y ensució todo hasta el baño, y del baño a la cocina, y de la cocina al baño, y así hasta que él llegó y logró calmarla. Desde entonces él compraba la caja más chica de chocolatada, la de doscientos cincuenta gramos, la que viene en un envase de cartón, aunque no sea la opción más económica. No estaba en las listas, pero era el único producto sobre el que ella no hacía comentarios. Guardaba la caja en la alacena superior, detrás de la sal y las especias. Era cuando descubría que la caja que había guardado un mes atrás ya no estaba. Nunca lo veía usar la chocolatada en polvo, en realidad, no sabía cómo terminaba acabándose, pero era un tema sobre el cual prefería no preguntar.

Comían productos sanos, elegidos atentamente por Lola frente al televisor. Todo lo que desayunaban, almorzaban o cenaban había tenido alguna vez su publicidad anunciando vitaminas, bajas calorías o ausencia de ingredientes transgénicos. Las pocas veces que ella le encargaba un producto nuevo lo buscaba después entre todas las bolsas, y lo estudiaba junto a la ventana, a la luz natural. Estaba al tanto de qué debía o no contener un producto sano. Había buenos médicos y nutricionistas alertando de esto a la gente por televisión, como el doctor Petterson del programa de las once. Si Lola encontraba algo sospechoso o contradictorio en las publicidades, llamaba al número de atención al cliente y pedía hablar con algún responsable. Una vez, a pesar de que con sus quejas no logró que la empresa le devolviera su dinero, recibió al día siguiente una caja con veinticuatro yogures de crema y durazno. Ya habían comprado los yogures para esa semana y las fechas de vencimiento le parecieron demasiado cercanas. Abría la heladera, veía los yogures y la angustiaba la cantidad de espacio que ocupaban. No se los comerían a tiempo, se echarían a perder y no sabía qué hacer con ellos. Se lo comentó varias veces a él. Le explicó las complicaciones esperando que él entendiera que había que hacer algo al respecto, algo que ya no estaba a su alcance. Una tarde el problema la sobrepasó. No sucedió nada en particular, simplemente entendió que ya no podría abrir la heladera y ver que los yogures seguían ahí. Merendó café solo, y aunque más tarde se sintió secretamente avergonzada por el enojo, todavía la indignaba no tener expectativas de ningún tipo de solución, ningún recurso propio para luchar. Cuando al fin él se llevó los yogures, ella no preguntó nada. Movió un banco hasta la heladera, donde trabó la puerta abierta y, sentada, silbando apenas en los movimientos bruscos para disimular los ronquidos de su respiración, aprovechó para limpiar los estantes y reorganizar un poco las cosas que quedaban.

*

No solo estaba lo que sucedía en los noticieros, ella podía saber mucho del mundo desde la ventana de la cocina. El barrio se había vuelto peligroso. Más pobre, más sucio. En su calle había al menos tres casas deshabitadas, con el pasto crecido y los jardines delanteros llenos de correo estropeado. De noche solo funcionaban las luces de las esquinas, que con la sombra de los árboles alcanzaba para muy poco, y había un grupo de chicos jóvenes, seguramente drogadictos, que se sentaban casi siempre en el cordón, a metros de su casa, y se quedaban ahí hasta la madrugada. A veces gritaban, o tiraban botellas, unos días atrás jugaron a correr de una punta a la otra de su reja, haciendo sonar el hierro como un xilofón, y esto último fue de noche, a la hora en que ella intentaba dormir. Desde la otra cama, ella le chistó varias veces para que él hiciera algo. Él se despertó y se sentó contra su cabecera, pero no salió a decirles nada. Se quedaron en silencio escuchando.

—Van a rayar las rejas —dijo ella.

—Son solo chicos.

—Chicos rayando nuestras rejas.

Pero él no se movió de su cama.

Era evidente que el tema de las rejas estaba relacionado con la llegada de los nuevos vecinos. Una semana atrás habían ocupado la casa lindera a la suya. Pararon con una camioneta desvencijada que estuvo frente a la casa, con el motor encendido, casi quince minutos antes de que nada nuevo pasara. Lola dejó de hacer lo que estaba haciendo, y esperó todo ese tiempo junto a la ventana. Se decía a sí misma que tenía que actuar con precaución: nada certificaba, viendo las características de la nueva familia, que hubieran comprado o alquilado la casa. Al fin se abrió una de las puertas de la camioneta. Lola soltó un largo silbido y sintió un disgusto amargo, como si frente a la larga duda entre arruinarle o no el día, finalmente hubieran optado por hacerlo. Se bajó una mujer delgada. Viéndola de espaldas pensó si no se trataría de una adolescente, porque llevaba el pelo largo y suelto y vestía muy informal, pero cuando la mujer cerró la puerta descubrió que tendría unos cuarenta años. El motor se apagó, y la misma puerta volvió a abrirse. Bajó un chico de unos doce, trece años. Y del otro lado, un hombre fornido vestido con un mameluco azul. No tenían muchas pertenencias, quizá la casa ya estaba amueblada. Alcanzó a ver dos colchones individuales, una mesa, cinco sillas —ninguna haciendo juego—, y una decena de bolsos y valijas. El chico se ocupó de las cosas sueltas. La mujer y el hombre movieron el resto, comentando a veces cómo descargar y mover las cosas, hasta que la camioneta quedó vacía y el hombre se alejó sin despedirse, haciendo apenas un gesto con la mano antes de subir la ventanilla.

Esa noche Lola intentó hablar con él, hacerle entender el nuevo problema que esta mudanza significaba. Discutieron.

—¿Por qué sos tan prejuiciosa?

—Porque alguien tiene que llevar los pantalones en esta casa.

*

Detrás de la casa de Lola el jardín se elevaba un poco hacia el fondo. Él había hecho una división en los últimos metros del terreno, y había plantado ahí dos ciruelos, dos naranjos, un limonero, y hecho una pequeña huerta con plantas de especias y tomates. Pasaba algunas horas de la tarde ahí. Ella se asomó desde la ventana de la cocina para llamarlo y lo vio agachado junto al alambrado que dividía su terreno del de los vecinos. Conversaba con un chico que lo escuchaba desde el otro lado. Podría ser el nuevo vecino, pero no estaba segura, era difícil precisarlo desde donde ella estaba. Esa noche, durante la cena, esperó a que él aclarara espontáneamente la situación. Era algo nuevo y todo lo nuevo debía ser mencionado. Le correspondía a él hacerlo y la cena era el momento adecuado, por eso en la noche el televisor estaba apagado y Lola preguntaba qué tal tu día. Así que Lola esperó. Escuchó la ya conocida historia de la amiga de Póker que él solía encontrarse en el banco. Escuchó un comentario sobre el supermercado, y eso que él sabía que, desde el incidente que ella había tenido la última vez que pisó ese lugar, ya no quería ni oír hablar de nada relacionado con ese infierno. Escuchó el problema del corte de calles en el centro por el asunto de las cloacas y la opinión previsible que él tenía sobre casi todas las cosas. Pero él no dijo nada sobre el chico, y ella pensó en la posibilidad de que no fuera la primera vez que sucedía ese encuentro en el fondo de la casa, y esto la alarmó.

Estuvo unos días atenta y descubrió que era el chico el que corría hacia él, apenas él salía al jardín, y no viceversa. Verlos juntos la hacía sentirse incómoda, como si algo no estuviera bien, como los veinticuatro yogures de crema y durazno ocupando la heladera.

Una tarde el chico pasó del otro lado y se sentó en una banqueta mientras él seguía trabajando en la huerta. Una banqueta de ellos. El chico habló y los dos se rieron. Una vez, estando ahí junto a la ventana, detrás de la cortina, ella recordó la chocolatada, y se sobresaltó. Pensó que algo podía estar escapándosele, algo en lo que no había pensado hasta entonces. Fue hasta la cocina, abrió la alacena, corrió la sal y las especias. La caja de chocolatada estaba abierta, y no quedaba demasiada. Pensó en sacarla, y se dio cuenta de que no era una acción tan simple. La cocina era su territorio. Todo en la cocina estaba organizado bajo sus directivas y era la zona de la casa en la que tenía control total. Pero la chocolatada era un producto diferente. Tocó el dibujo del paquete con las manos y miró hacia el jardín trasero. No pudo hacer más que eso, no entendía muy bien el sentido de lo que estaba haciendo. Cerró la alacena y tras de sí la puerta de la cocina. Fue hasta el living y se sentó en el sillón. Todo sucedió despacio, pero tan rápido como su cuerpo fue permitiendo cada movimiento. Con las manos en los bolsillos acarició la lista. Era bueno saber que seguía ahí.

*

A veces, si el clima era lo suficientemente seco y templado, ella salía al jardín delantero a verificar el estado de las alegrías del hogar, los farolitos chinos y las azaleas. Él se ocupaba del riego general de la casa, pero los canteros del jardín eran los que más se veían desde la calle y necesitaban un cuidado especial. Así que ella hacía un esfuerzo, y controlaba las flores y la humedad de la tierra. Esa mañana la mujer y el chico pasaron por la vereda. La mujer la saludó con un gesto de la cabeza, pero Lola no se animó a contestar, se quedó de pie mirándolos pasar, cargados con sus abrigos y sus mochilas. Necesitaba evaluar esta nueva situación, el problema que supondría ahora salir a revisar las plantas en ese horario, la posibilidad constante de intromisión. Necesitó más aire, respiró profundamente y luego silbó controlando el ritmo, tal como el médico le había enseñado. Regresó a la casa, cerró con el pasador y se dejó caer en su sillón. Sabía que era una situación peligrosa. Se concentró en el ritmo de su respiración, en aletargarlo, y un segundo después tanteó bajo su cuerpo el control remoto y encendió la tele. Además de todo, pensó, tenía que seguir avanzando con su lista, tenía que seguir clasificando y embalando, y no le quedaba demasiado tiempo. Sabía que se iba a morir, se lo había dado a entender a la señora de la rotisería, cuando llamaba para hacer su pedido las noches que no tenía energías para cocinar. También lo había conversado con el sodero, cuando traía el repuesto de cinco litros de agua mineral para el dispenser de la cocina. Les explicaba por qué respiraba de esa forma, el asunto de la oxigenación pulmonar, y los riesgos y consecuencias que esto acarreaba. Una vez le mostró al sodero su lista y el hombre pareció impresionado.

Pero algo no funcionaba: todo seguía adelante. Por qué, si sus intenciones eran tan claras, su cuerpo volvía a despertarse cada día. Era algo insólito y cruel, y Lola empezaba a temer lo peor: que la muerte requiriera un esfuerzo para el que ella ya no estaba preparada.

*

Unos años atrás, cuando todavía era ella la que se ocupaba de ir al supermercado, había encontrado en la góndola de perfumería una crema para las manos que casi no dejaba residuos. Realmente traía algo de aloe vera, podía olerlo cada vez que la destapaba. Le había llevado un tiempo testear otras marcas, y dinero. Ahora, a él, le encargaba otra crema, una que costaba menos de la mitad y que era bastante mala. Podría haberle pedido que comprara la otra, sin dar explicaciones, pero de esa forma él sabría que alguna vez ella habría gastado ese dinero en una crema. Cosas así eran las que a veces añoraba. Porque no volvería nunca más al supermercado, por más que él en la cena, sabiendo perfectamente que ella detestaba escucharlo, insistiera en hablar de eso. No después del incidente, no después de esa tarde nefasta en el supermercado. Era una de las pocas cosas que recordaba con claridad, y la llenaba de vergüenza. ¿Él también lo recordaría? ¿Sabría solo lo que vio al llegar? ¿O con el tiempo los testigos se lo habrían contado todo?

*

Miró el reloj y vio que eran las tres de la mañana. Él respiraba en la cama de al lado. No roncaba, pero su respiración era profunda y la distraía, y Lola supo de inmediato que no podría volverse a dormir. Esperó un rato despierta hasta sentir la fuerza suficiente. Se puso la bata, fue hasta el baño y se quedó sentada en el inodoro un buen rato. Pensó en algunas cosas que podría hacer, como lavarse la cara o los dientes, o cepillarse el pelo, pero entendió que no se trataba de nada de eso. Dejó el baño y fue hacia la cocina, cruzando el pasillo sin encender las luces, adivinando la biblioteca de las National Geographic de él, y la cómoda con sábanas y toallas. Fue hasta la puerta de entrada y se preguntó para qué habría ido hasta ahí. En la cocina buscó los fósforos y encendió una de las hornallas. Después la apagó. Encendió el tubo de luz que había bajo las alacenas superiores y abrió algunas puertas para asegurarse de que las provisiones estuvieran al día. Corrió las especias y ahí estaba la caja de chocolatada nueva, sin abrir. Sintió su respiración apenas alterarse y sintió, más que nunca, que debía hacer algo, pero no alcanzaba a entender exactamente qué. Se apoyó contra la mesada y respiró con calma. Afuera el jardín delantero estaba a oscuras, uno de los dos faroles de la calle se había quemado. Se veía el coche, y en la vereda de enfrente las luces de los vecinos estaban apagadas. Una sombra se movió en la calle, y unos segundos después en su jardín, tras el árbol que hay frente a la cocina. Lola controló su respiración. Dio un paso rápido hacia atrás, estiró su mano hasta la pared y apagó la luz. Su cuerpo respondió a esta emergencia con agilidad y sin dolor, pero optó por no reparar en eso. Se quedó quieta en la oscuridad, atenta al árbol. Esperó así un rato, soltando cada vez más su respiración, hasta que volvió el silbido y se convenció de que no había nadie afuera. Entonces vio, tras el tronco negro del árbol, a contraluz, a alguien que intentaba mantenerse escondido. Había alguien, sin duda. Y ella estaba sola en la cocina, con su cuerpo y su respiración a cuestas, mientras él dormía plácidamente. Se quedó pensando en esto un momento, tan cerca de la chocolatada que podría alcanzarla sin mover sus pies. Así se le ocurrió que podría ser el chico de al lado. Abrió un poco la ventana. El perro de enfrente ladró tras la reja. El tronco negro se quedó inmóvil unos segundos. Dio cinco pasos hacia atrás, hasta la puerta de la cocina, desde donde todavía veía el árbol, levantó el tubo del portero eléctrico y apretó el botón intercomunicador. Su silbido ronco llegó desde el jardín, a través de la ventana. Colgó el auricular y se quedó con la mano temblando sobre el aparato, hasta que, un rato después, el perro dejó de ladrar.

*

El día del incidente del supermercado hacía calor. Hay cosas que Lola ya no recuerda, pero eso lo sabe perfectamente. Se desmayó por el calor, no por lo que había pasado. El médico, la ambulancia, todo le pareció una exageración y una humillación evitable. Hubiera esperado que la cajera y la mujer de seguridad, que la conocían desde hacía años y con las que se saludaba al menos dos veces a la semana, fueran más solidarias, pero miraron en silencio, absortas y estúpidas como si nunca antes hubieran presenciado algo parecido. Clientes que conocía de vista y algunos vecinos la vieron en el piso y luego en la camilla. Ella no era conversadora, no tenía una real amistad con ninguna de esas personas ni hubiera querido tenerla realmente. Por eso todo le pareció tan vergonzoso, porque jamás tendría oportunidad de justificarse. Se amargaba si pensaba en esto y la amargaba más recordar los detalles, como cuando cerró los ojos mientras la metían en la ambulancia para no ver cómo la miraban los dos hombres del camión de reposición. La obligaron a permanecer dos días internada para controles de rutina, él y el médico. La sometieron a análisis y exámenes, nunca le preguntaron su opinión. Se acercaban con sus planillas y sus explicaciones, falsamente solícitos, abusando de su tiempo y de su paciencia, facturando con habilidad la mayor cantidad posible de atenciones médicas. Ella sabía cómo funcionaban esas cosas, pero entonces no tenía voz ni voto, y todo dependía de él, de su ingenuidad y su obsecuencia. Es verdad que hay cosas que Lola ya no recuerda, pero eso lo recuerda perfecto.

*

Alguien había estado la noche anterior en el jardín de adelante. Ella se lo dijo apenas él la despertó: se había quedado dormida frente al televisor mudo y ahora dos mujeres preparaban pollo en una cocina amplia y luminosa. Su sillón solía parecerle bastante cómodo, pero esa vez no le había funcionado bien. Le dolía el cuerpo y le costaba moverse. Él no le preguntó si había dormido ahí, ni qué había pasado, pero quiso saber si había tomado sus pastillas. Ella no contestó. Él fue por el pastillero y se lo alcanzó junto con un vaso de agua. Se quedó mirándola hasta que ella terminó de tomarlas. Después del último trago ella dijo:

—Te digo que alguien estuvo anoche en el jardín, deberías revisar que todo esté bien.

Él miró hacia la calle.

—¿Estás segura?

—Lo vi, atrás del árbol.

Él se puso la campera y salió. Ella lo siguió desde la ventana, lo vio caminar por el sendero de troncos que va hacia la reja, detenerse a la altura del árbol y mirar desde ahí hacia la calle. Le pareció que no revisaba a conciencia lo que ella le había indicado. No lo hacía nada bien, y pensó que así había sido toda su vida ese hombre, y que de ese hombre dependía ella ahora. Levantó el tubo del intercomunicador, el del living junto a la puerta, y escuchó en el portero eléctrico de la calle su propia voz:

—En el árbol, en el árbol.

Lo vio dar unos pasos hacia el árbol, pero no se acercó lo suficiente. Miró alrededor y regresó.

—Deberías volver a ver —dijo ella cuando él entró—, estoy segura de que vi a alguien.

—No hay nadie ahora.

—Pero sí anoche —dijo ella, y dejó que sus pulmones silbasen largamente, con resignación.

*

Había estado parte de la mañana rotulando los cinco lados visibles de las cajas que ya estaban cerradas. Él se asomó al cuarto de visitas, miró el pilón de cajas y se ofreció a llevarlas al garaje. Dijo que así el cuarto seguiría disponible y además, llegado el momento, sería mucho más fácil sacar las cajas desde ahí.

—¿Sacarlas? —dijo ella— ¿Sacarlas a dónde? Solo yo voy a decidir qué cajas se van.

Las podía llevar al garaje si eso a él lo hacía tan feliz, pero solo le permitiría sacar las cajas prescindibles. Lo importante quedaría siempre dentro de la casa.

Nunca armaba más de una caja por día, y no todos los días armaba cajas. A veces solo clasificaba, o pensaba en qué era lo que convendría hacer al día siguiente. Pero esta vez se trataba de ropa vieja de invierno. La arruinada ya la había guardado en bolsas de consorcio, en un arduo trabajo de un par de semanas, y él se las había ido llevando, poco a poco, cuando iba al centro o al supermercado con el coche. Ese día Lola trabajaba con los últimos pulóveres para donar. Eran de lana y ocupaban mucho espacio, así que los dispuso en dos cajas y las encintó. Cerrar dos cajas le dio una extraña sensación de vértigo con la que no supo muy bien qué hacer. Miró por la ventana de la habitación. Se olvidó de lo que estaba haciendo, pero abrió la lista y lo recordó. Fue a pedirle a él que le sacara una silla al frente, al jardín delantero. Él estaba doblando y guardando las toallas colgadas en el tendedero y se quedó mirándola un momento.

—No tengo que explicarte por qué necesito una silla afuera. La necesito ahí y punto.

Él dejó las toallas sobre la mesada y volvió a mirarla. Ella tenía puesto el pijama, un saco rosa y las chinelas de gamuza rotas de tanto uso pero siempre limpias, sostenía su lista y una lapicera.

—¿Dónde querés la silla? —preguntó él.

—En el porche, mirando hacia la calle.

Lo siguió para comprobar que sacaba la silla correcta y que al salir no golpeaba la puerta de cedro. Esperó a que se fuera y orientó la silla hacia el sol. Se dejó medio caer con un silbido fuerte hacia el final y una ligera expresión de dolor que retuvo unos segundos antes de apoyarse en el respaldo. Desplegó su lista, pero no la repasó. Era cerca del mediodía y la mujer y el chico pronto pasarían por la puerta. Se concentró en la espera y después, poco a poco, se fue quedando dormida.

*

Una tarde en que él había ido al centro a ocuparse de algunas cosas, el chico tocó el timbre. Ella se asomó a la ventana de la cocina y lo reconoció enseguida. Estaba con otro de su edad, tras la reja de entrada. Hablaban en voz baja. Dudó si atender o no. Miró el reloj y vio que él ya estaría por llegar. Cuando el timbre volvió a sonar se decidió y levantó el tubo del portero eléctrico. Descansó un poco antes de hablar. Estaba agitada. Como otras veces, su respiración se sintió en el jardín antes que su voz, y los chicos se miraron divertidos.

–Diga… –dijo Lola.

–Abuela, vengo a devolverle una cosa al señor.

–¿Qué tienen que devolver?

Los chicos se miraron. Lola vio que él tenía algo en la mano, pero no alcanzaba a ver bien qué era.

–Una herramienta.

–Vuelvan más tarde.

El otro chico habló por lo bajo, de mala manera.

–Déjenos pasar, Abuela.

También tenía algo en la mano, algo largo y pesado.

–Vuelvan más tarde.

Cortó el auricular y se quedó donde estaba. Podía verlos por la ventana de la cocina, pero probablemente ellos no pudieran verla a ella.

–Ey, abuela, no sea así –dijo el otro, y golpeó tres veces la reja con lo que fuera que llevara en la mano.

Lola reconoció el ruido contra las rejas de la otra noche. Los chicos esperaron. Cuando vieron que no volvían a atender se fueron y ella se quedó un rato junto al portero, escuchando su respiración calmarse poco a poco. Se dijo que todo estaba bien, que solo había sido una conversación por el portero, pero esos chicos no le gustaban. Esos chicos podrían… Se quedó un momento más pensando, sabía que estaba cerca de algo, algo que todavía no tomaba forma, pero, por su intensidad –ella sabía muy bien cómo funcionaba su propia cabeza–, empezaba a ser una premonición. Entonces, repentinamente, se llevó la mano al corazón y escuchó el primer ruido, del otro lado de la casa. Fue hacia el cuarto mirando sus pies avanzar, cuidando el ritmo, conteniendo los nervios para que la respiración no se disparara. Sabía que eran ellos. Necesitaba controlar su cuerpo. Tenía la certeza y, aún así, cuando llegó al cuarto y los vio por la ventana, ya casi dentro de su jardín trasero, se sobresaltó como si nunca se lo hubiera pensado. Estaban en el fondo, pasando por debajo del alambre por el que el chico entraba a la huerta. Lola se escondió de un lado de la ventana. Los vio bajar hacia la casa y detenerse a solo unos metros, ya muy cerca de ella. Empujaron la puerta del garaje y la encontraron abierta, la puerta del garaje que era de él y que era su responsabilidad dejar cerrada. El espanto la inmovilizó. Escuchó que abrían y cerraban los cajones del mueble de chapa. Le parecieron ruidos fuertes y estridentes. Pensó en cómo le haría entender a él que habían entrado por su culpa, que ese chico con el que él perdía el tiempo en la huerta era un ladrón. Su respiración se hizo más fuerte. Tuvo miedo de que ellos la escucharan pero no era algo que pudiera evitar. Hubo más ruidos en el garaje, después otra vez la puerta. Los vio salir por el jardín trasero y pasar por el alambrado hacia la otra casa, pero no alcanzó a ver bien si se habían llevado algo. Se recostó en la cama, metió los pies bajo la frazada y se acurrucó en posición fetal. Le llevaría un rato normalizar su ritmo cardíaco, pero lo esperaría en esa posición para que él entendiera enseguida que ella no estaba bien. Decidió que, aunque él preguntara, ella no diría nada. Si sabía esperar habría un momento perfecto para sacar esto a la luz, uno que ella identificaría de inmediato. Y decidió otra cosa también. Que los días se estaban complicando y no debía exaltarse: descansaría del tema de las cajas por un tiempo.

*

Lola recordaba perfectamente al médico del hospital. Aunque no sabía su nombre podría identificarlo entre un gentío, a metros de distancia. No era como el doctor Petterson, por algo uno trabajaba en la televisión y otro en un seguro médico de última categoría, el seguro médico que él eligió para ambos cuando se jubilaron.

«¿Cómo se siente hoy la señora?». Eso preguntó el médico del hospital las tres o cuatro veces que fue a verla a la casa. Siempre estaba acalorado, Lola podía oler su traspiración, algo que ella no consideraba higiénico tratándose de un médico. Pero era la pregunta lo que más le molestaba. Claramente dirigida a él, confiando solo en su opinión cuando la paciente era ella. A veces, Lola se imaginaba levantándose de su sillón con agilidad y diciendo algo así como «atiendan esto entre ustedes, yo tengo cosas que hacer», pero la necesitaban para el show, eso se decía siempre a sí misma, y se recordaba que, con él, la mitad de su vida consistió siempre en tener paciencia.

«¿Cómo se siente hoy la señora?». Le dolían los pulmones, tenía un terrible dolor de espalda, el bazo la apuñalaba cada vez que caminaba un poco más ligero de lo debido, pero a este médico nada de eso le importaba. Su pregunta iba dirigida a otra cosa. A algo que nada tenía que ver con la salud de Lola. Si ella le hubiera enumerado todos sus problemas al doctor Petterson, este se hubiera quedado estupefacto por sus calamidades desatendidas y hubiera buscado algún tipo de solución. Pero estos dos hombres que ahora la miraban, este médico del hospital y él, sobre todo él, solo estaban interesados en el incidente del supermercado y en todo lo relacionado con eso. Síntomas previos al incidente, los resultados de los análisis del hospital, consecuencias del incidente. Incidente.

*

La mujer de la rotisería le dijo una vez que no era bueno angustiarse, que tenía que intentar ser más optimista. La gente solía decirle cosas así y a Lola le gustaba escucharlas. Sabía que nada de eso iba a ayudarla, porque ella enfrentaba algo peor que la muerte, demasiado complicado de explicar por teléfono. Pero era un buen gesto de parte de la mujer: aunque no ayudara en lo más mínimo, su paciencia la hacía sentirse mejor.

*

En los días siguientes el chico llegaba con el banco plegado bajo el brazo, el banco que era de ellos. Lo abría y se sentaba, lo miraba trabajar y a veces él descansaba un poco y conversaban. Una vez él hizo como que cavaba en el estómago del chico con su pala de jardinería, y el chico se rio. En esos días, Lola prestó especial atención a si él aumentaba o no la ración de chocolatada cuando hacía las compras, pero la ración seguía siendo la misma. También prestó atención a los silencios de las cenas. Pero él no decía nada. A veces, la omisión la tranquilizaba, llevaba el asunto del chico a un lugar menor, dudaba si acaso no era una obsesión personal pasajera. Hasta que volvía a verlo ahí a la mañana siguiente, y otra vez su respiración resonaba en el living, como una alarma ronca contenida entre los ventanales.

*

Una noche las cosas se ordenaron a su favor. Habían robado en la rotisería. Ella lo supo por él, que había ido a buscar la cena. Lola no llamó a la mujer que le atendía los pedidos, decidió que no era oportuno, a pesar de la intimidad que les había dado las conversaciones sobre su muerte. Así que estaban cenando pollo otra vez y él hablaba del robo. Era un buen momento para preguntar por el chico, para blanquear el silencio al que él la había estado sometiendo: cuando él recordara la charla no podría localizar la trampa, solo encontraría el tema de la rotisería que él mismo había traído a cuenta. Ella lo esperó pacientemente. Él dijo lo del arma que la mujer de la rotisería tenía bajo la repisa, lo de las heridas en el brazo y el asunto de la ambulancia. Dijo que la mujer había sido muy valiente, explicó por qué él creía que la hija no había estado tan bien, cuánto tardó la policía en llegar y cómo interrogaron a los testigos. Lola lo escuchó en silencio, acostumbrada a esperarlo. Cada tres o cuatro oraciones de él, ella lo reescribía todo mentalmente, en una sola línea clara y concisa, remendando en silencio su morosidad exasperante. Lo perdonaba. Entonces hubo un silencio, uno lo bastante largo, y ella dijo:

–¿Y qué hay del chico de al lado? ¿Creés que tuvo algo que ver?

–¿Por qué tendría algo que ver?

–Ellos son los que hacen sonar las rejas. Él y otro chico más. Vinieron el otro día y me pidieron entrar para devolverte una herramienta –Lola quería detenerse, graduar la información, pero ahora todo el problema estaba sobre sus hombros y no podía con tanto peso, tenía que dejarlo caer–, no les abrí pero entraron de todas formas, por atrás. Estuvieron en el garaje, revolvieron las cosas. No cerraste la puerta con llave. Deberías ver si están la agujereadora y la soldadora.

—¿La agujereadora y la soldadora?

Ella asintió, controló su respiración. Hasta que lo puso en palabras no había pensado realmente en la agujereadora y la soldadora, pero los dos sabían que eran sus herramientas más caras. Él miró hacia el garaje y ella entendió que había logrado alarmarlo. Lo imaginó revolviendo las herramientas, enumerando las que faltaban mientras ella localizaba en la agenda el teléfono de la comisaría. Pero él tomó otra vez los cubiertos, se llevó un trozo más de pollo a la boca y dijo:

—La llave fija.

Él tenía que decir algo más, así que Lola se quedó mirándolo.

—Para la pileta de la cocina. Se lo encargó la madre y yo se la presté.

—Y no me dijiste nada.

—Fue hace varios días. Cuando se mudaron.

—El día que se mudaron.

—Sí —dijo él—, ese día.

Lola esperó a que él estuviera en la ducha para revisar el garaje ella misma, pero se encontró con que no recordaba qué herramientas había, ni dónde iban guardadas. Tampoco sabía qué era exactamente una llave fija. Y como el garaje era la única sección de la casa bajo la responsabilidad de él, sospechaba que todo estaría sucio y desordenado. Pensó en si él podría estar cubriendo al chico, por alguna razón, y no le pareció una idea que pudiera descartar. Tanteó la lista en su bolsillo del delantal, y pensó que en la noche tenía que recordar y analizar los hechos con más tranquilidad. Tomar algún tipo de decisión.

*

A la mañana siguiente armó una caja más. La llenó de útiles de oficina viejos, lapiceras secas, cuadernos con las hojas amarillas, cajitas de gomas elásticas en mal estado, las guías telefónicas de los últimos años. Estaba segura de que serían útiles para la gente humilde, aunque más no sea para saber que estas cosas existen, por si alguna vez llegaran a necesitarlas. Fue hasta el pequeño escritorio que él se había armado sobre la repisa del teléfono para organizar las facturas y guardó otras cosas que encontró por ahí. Pensó en embalar también el pequeño busto griego de cerámica que él usaba de pisapapeles en la mesa del living, pero no lo encontró. Sabía que a veces no recordaba todo lo que embalaba. Eran demasiadas cosas y todo pesaba sobre sus hombros, era lógico que a veces se le escaparan detalles. La semana anterior habían tenido que abrir una caja con zapatos porque, en un momento de distracción, todos los zapatos de él habían quedado embalados. Había pocas toallas y el espejo grande del pasillo ya no se veía tan bien con la repisa vacía. Tampoco había más cepillos ni peines para el pelo en sus cajones del baño. Eso era lo peor, verse en la obligación de usar siempre el peine viejo de él.

Al mediodía encintó la caja, pegó una etiqueta y escribió «útiles del escritorio». Fue a buscarlo a él, para que le llevara la caja hasta el garaje, pero no lo encontró en ningún cuarto de la casa. Tampoco estaba en el garaje ni en la huerta —eso pudo verlo desde la ventana de su cuarto—. Estaba acordado que él no salía de la casa sin avisar, porque eran justamente este tipo de desapariciones lo que más nerviosa la ponía. Ella podría necesitarlo, necesitaba contar con él todo el tiempo. Cruzó el living hacia el frente y abrió la puerta de calle. Lo vio en el piso y su respiración casi hipó antes del silbido. Se sostuvo en el marco de la puerta. Estaba sentado con la espalda apoyada en la pared y la frente sobre la palma de la mano. Lola tomó aire y fuerzas suficientes y dijo:

–¡Por Dios!

Y él dijo:

–Estoy bien, no te asustes. –Se miró la palma ensangrentada, tenía un pequeño corte en la frente–. Creo que me bajó la presión, pero alcancé a sostenerme.

–Llamo a un médico.

–Después. Ahora necesito entrar y acostarme.

Ella le preparó la cama. Le llevó un té. Buscó en la biblioteca del pasillo los dos últimos números de la National Geographic y se los dejó sobre la mesa de luz. Se concentró en hacer todo esto a un ritmo lógico: lo más rápido posible, pero sin que los movimientos llegaran a agitarla. Era consciente de que era un momento «de él», y que ella tenía que hacer ciertas cosas para aliviarlo. Pero él, asustado como estaría, posiblemente pensara solo en sí mismo, y alguien tenía que seguir cuidando de ella. Fue algo intenso, en cierto modo. Y Lola estuvo a la altura. Después él se durmió. Ella caminó hasta el living con un último esfuerzo y se sentó en su sillón a descansar. Tenía que recuperar fuerzas, todavía faltaba mucho por hacer.

*

Se despertó con los ruidos de los caños contra las rejas. Estiró enseguida el cuello para ver sobre la ventana y un calambre la obligó a volver a su posición inicial. No alcanzó a distinguir nada pero sabía quiénes eran. Miró el reloj sobre el televisor: las cuatro y veinte de la tarde. Escuchó el ruido de los tacos de la vecina pasar por su vereda hacia la casa de al lado. Después una puerta al cerrarse. Pensó en la llave fija. Cerró los puños y estiró los brazos a los lados. Era un ejercicio descontracturante del programa del doctor Petterson que ella usaba para desperezarse. El calambre se disipó y sintió que otra vez contaba con su cuerpo, o al menos con parte de él. Focalizó imaginariamente la forma dudosa de la llave fija. Corroboró que llevaba las chinelas de gamuza bordó y que su abrigo de media estación colgaba de la percha de entrada, junto al portero eléctrico. La estimuló ver que los objetos estaban ordenados a su favor. Se puso de pie, se abrigó y abrió la puerta de calle. Así terminó de entender cuáles eran sus intenciones, y le pareció que, evidentemente, se trataba de una resolución muy sensata.

Fue hasta la casa de al lado y tocó la puerta. Cuando al fin la mujer abrió, gran parte de las energías de la siesta se habían perdido en esa espera. Ahora todo le sería más difícil. La mujer la reconoció enseguida y la invitó a pasar. Lola aceptó con una media sonrisa. Dio algunos pasos y ahí se quedó, sin poder decidir qué hacer o decir a continuación.

–¿Quiere un té? –dijo la mujer y fue hacia la cocina–. Siéntese si quiere –dijo desde el otro ambiente–, disculpe el desorden.

Las paredes estaban descascaradas. Casi no había muebles, salvo la mesa, tres sillas desvencijadas y dos sillones cubiertos por sábanas trasparentes por el uso, anudadas a los apoyabrazos para que no se salieran de lugar. La mujer regresó con una taza de té y la invitó a sentarse en los sillones. Se veían incómodos y Lola pensó que sería difícil levantarse de ellos, pero aceptó por cordialidad. La mujer se movió rápidamente: trajo una silla, y la acercó a Lola a modo de mesita. Lola vio entonces las revistas y los papeles apilados en el piso, junto a la ventana. Ocupaban mucho espacio y seguro no tenían ninguna utilidad.

—Tengo cajas si quiere –dijo Lola–, son cajas fuertes, yo las uso para embalar y clasificar.

La mujer siguió la mirada de Lola hasta sus pilas de papeles.

—No es necesario, gracias. Pero, dígame, ¿qué necesita? ¿Es sobre mi hijo? Anoche no vino a dormir y estoy muy preocupada.

Lola entendió de inmediato la precisión de sus intuiciones, y recordó los ruidos de las rejas de esa misma tarde. La mujer esperaba algún tipo de señal. Se sentó en el otro sillón, frente a ella.

—Creo que está enojado conmigo. Por favor, ¿sabe algo de él?

Lola estaba en el camino correcto, pero tenía que avanzar con cuidado.

—No. No es eso. Tengo que preguntarle algo importante.

Lola miró el té y se dijo a sí misma que eso tenía que salir bien.

—Necesito saber si usted tiene una llave. Una llave fija.

La mujer frunció el ceño.

—De esas que se usan para arreglar las piletas –dijo Lola.

Quizá la mujer no estaba segura de si tenía o no la llave, quizá no entendía la pregunta. Miró hacia la cocina, y se volvió otra vez hacia ella.

—Ya sé a qué se refiere, su marido nos prestó algo así la semana pasada. Mi hijo la devolvió anteayer. La devolvió ¿no es así?

—Es que ese es el problema. No estoy segura.

La mujer se quedó mirándola un momento.

–Es muy importante para mí saber dónde está esa llave. –Lola revolvió su té y sacó el saquito–. No se trata de la llave, usted entenderá. Quiero decir, no es «por» la llave que busco la llave.

La mujer asintió una vez, parecía hacer un esfuerzo por entender. Lola miró hacia la cocina y se quedó unos segundos en silencio, hasta que escuchó que le hablaban.

–¿Se siente bien?

Se había olvidado por completo del dolor y los calambres. Su respiración era casi silenciosa y toda su energía estaba proyectada a ese espacio físico todavía desconocido, la luz natural que venía de la cocina y se abría hacia ellas.

–¿Usted cómo se llama? –dijo Lola.

–Me llamo Susana.

La mujer tenía ojeras demasiado oscuras, le estiraban los ojos hacia abajo de un modo que parecía artificial.

–Susana, ¿le molestaría que yo mirara su cocina?

–¿Cree que no le devolvería la llave? ¿Qué tipo de persona cree que soy?

–Oh, no, no, no. No me malinterprete. Se trata de otra cosa. Es… ¿Cómo podría explicarme? Un presentimiento, eso es.

La mujer parecía disgustada, pero se puso de pie, fue hasta la cocina y la esperó junto al marco de la puerta. Lola dejó la taza en la silla, se incorporó ayudándose con el apoyabrazos, volvió a levantar la taza y caminó hasta ella.

Era un espacio amplio y luminoso, y aunque las alacenas estaban desvencijadas, algo de fruta y unas cacerolas rojas le daban a la cocina una intimidad agradable. Lola pensó que era un sitio que, bien ordenado y limpio, podría verse incluso más acogedor que su propia cocina. Sin quererlo, tomó más aire del necesario y soltó la respiración con un silbido. Sabía que la mujer la estaba mirando y se sintió avergonzada. Pensó en él, que podría haber despertado y se asustaría si no la encontraba en la casa.

—¿Qué busca, señora? —la mujer no fue agresiva, su voz sonó más bien cansada.

Lola se volvió para mirarla. Estaban muy cerca una de la otra, cada una apoyada a un lado del marco.

—Hay algo más que tengo que preguntarle.

—Diga.

—Puede parecerle extraño, pero…

La mujer se cruzó de brazos, se miraron, ya no parecía bien predispuesta.

—¿Usted cree que alguien podría estar dándole chocolatada a su hijo?

—¿Cómo dice?

Lola miró su propio jardín a través de la ventana. Su respiración necesitaba más aire y empezó a silbar agitada, lo más bajo que le fue posible.

—Chocolatada —dijo Lola—, en polvo. —Se dio cuenta de que ya no controlaba su respiración y sintió el silbido liberarse en la cocina.

—No le entiendo —dijo la mujer.

Algo pasó con su visión, como si la blancura de las paredes se intensificara. Su corazón golpeó fuerte contra el pecho y Lola volvió a silbar de un modo seco y horrendo. Cuando intentó dejar el té sobre la mesa su corazón golpeó una vez más, y se desvaneció.

*

Volvía a respirar. El alivio fue solo físico. En la oscuridad de sus ojos cerrados entendió que seguía viva, cuando hubiera sido tan buen momento para morir. Tampoco entonces había sucedido. Había llamado a la muerte de muchas maneras pero nada funcionaba. Era evidente que algo de peso se le escapaba y no se le ocurría realmente qué más hacer. Abrió los ojos. Estaba en su cuarto pero en la cama de él. Las revistas de la National Geographic seguían en el mismo sitio en el que ella las había dejado. Lo llamó. Se escucharon ruidos en la cocina, sus pasos pesados, y lo vio asomarse por la puerta del cuarto.

—Me desmayé —dijo ella.

—Pero estás bien —él entró y se sentó en la cama de ella.

—No estoy en mi cama.

—Pensamos que estarías mejor lejos de la ventana.

—¿Pensamos?

—La vecina te atajó cuando te caíste, me ayudó a traerte.

—¿La madre del chico?

Se miró la palma de la mano. Tenía un pequeño corte.

—¿No te acordás de nada? Llegaste hasta acá caminando.

Lola no supo qué decir. Se acordaba, pero hubiera querido escuchar el relato. Al menos ahora no era él quien estaba en la cama y las cosas volvían a su orden natural. Miró otra vez el corte en la mano y presionó un poco la herida para ver cuánto dolía.

—¿Y el chico? ¿Estaba?

—No —dijo él.

Ella pensó en la mujer, en la conversación interrumpida, en la llave fija y en la chocolatada, y una alarma interior volvió a encenderse. Aunque intentó incorporarse encontró que no tenía fuerza para hacerlo. Él la ayudó colocándole otro almohadón. Ella no compartió con él sus inquietudes, pero lo dejó hacer.

*

Había cosas que Lola no recordaba, pero el incidente del supermercado estaba intacto en su cabeza. El incidente y las visitas de ese médico inútil que siempre preguntaba: «¿Cómo se siente hoy la señora?». Y lo hacía mirándolo a él, porque ninguno de los dos esperaba que ella respondiera. ¿Qué tipo de dudas le quedaban a ese idiota?

A veces, cuando le hacían esa pregunta, sentía punzadas en el bazo, aunque no hubiera hecho ningún movimiento brusco, y así sabía que pronto su respiración se agitaría y empezaría a escucharse en la habitación.

«Sería bueno que hiciera una lista», le dijo una vez el médico.

Que hombre tan brillante, pensó Lola. Si le temblaban las manos, las cruzaba sobre su regazo, para que él no pudiera verlas.

«¿Una lista para qué? Me acuerdo perfecto de todo», dijo Lola, y vio que los dos hombres cruzaban miradas.

Le hablaban como si fuera estúpida porque ninguno de los dos era lo suficientemente hombre para decirle que se estaba muriendo. Sabía que eso no era cierto –eso de que se estaba muriendo–, pero a veces le gustaba fantasear con esa idea. Era algo que él merecía: con su muerte él vislumbraría lo importante que ella había sido para él, los años que ella había estado a su servicio. Quería tanto morirse, desde hacía tantos años, y sin embargo nada parecía deteriorarse más que su cuerpo. Un deterioro que no la llevaba a ninguna parte. ¿Por qué no se lo decían? Quería que se lo dijeran. Quería tanto que fuera verdad.

*

Abrió los ojos. Eran las tres y cuarenta en el reloj de él y estaba segura de que había escuchado algo. Pensó si no se trataría otra vez de un intruso, como esa noche en la que alguien se había metido en el jardín delantero a pesar de que él no pudo encontrar nada a la mañana siguiente. Se incorporó despacio para que él no se despertara –esto era algo que evidentemente tendría que resolver sola–, se puso las chinelas y el salto de cama y salió al pasillo. El ruido se repitió y ahora pudo escucharlo con toda claridad. Era un golpe en la ventana del baño. Lola pensó que podrían ser piedras pequeñas contra el vidrio esmerilado. Entró sin prender las luces, acercándose a la ventana desde la pared, y esperó. Ocurrió dos veces más, y tuvo la certeza de que se trataba del chico. Regresó al cuarto y abrió apenas la ventana. Era un lugar estratégico, y con el quinto ruido creyó adivinar de dónde venían las piedras. Unos metros más allá, hacia el final de la casa, bajo el cerco y la ligustrina que separaba su jardín del de la mujer, había una pequeña zanja. Y había alguien en la zanja, acostado. Era el chico el que tiraba las piedras, no podía verlo, pero lo sabía. ¿Las piedras serían para llamarlo a él? Lola cambió el peso de su cuerpo a la otra pierna, para que sus pies no se resintieran. Por qué tenía que soportar estas cosas a su edad. Y él no saldría a esa hora, de ninguna manera, era peligroso y era estúpido. Él no tenía nada que hacer con el chico. Había que olvidarse del problema del chico, eso era, se lo dijo a sí misma varias veces, recordándose también la lista, y con ella todas las cosas que todavía le faltaban hacer.

*

Quizá porque no había dormido bien, ese día las cosas se dieron más lentas de lo normal. Le costó moverse de un sitio a otro, levantar la voz para llamarlo, armar la lista del supermercado. Pero lo llevó adelante, de alguna manera. Él la ayudó. No lo suficiente, aunque hizo lo suyo. Se ocupó del desayuno, le encendió el televisor. Le acercó las chinelas. Ella vio el programa del doctor Petterson. Abrió y cerró el papel con la lista varias veces. Para la siesta prefirió regresar a su cama. Le hizo cambiar las sábanas y él supo dónde dejar las que estaban sucias y cuáles de todas las sabanas limpias debía poner, todo sin que ella tuviera que decírselo. Durmieron bien y se levantaron descansados. Él trajo más cajas. Las tres que había conseguido la semana pasada ya estaban embaladas y etiquetadas en el garaje. Lo vio mirar las pilas y fruncir el ceño. Parecía preguntarse qué sentido tenía armar tantas cajas, pero por supuesto eso es algo que él nunca podría contestarse, como no podría decir por qué hay que tirar los productos con fechas vencidas aunque todavía huelan bien, ni estirar la ropa en el tender aunque luego haya que plancharla. Son detalles que lo exceden y de los que ella ha tenido que hacerse cargo por completo. Su ceño fruncido frente a las cajas podría ser solo el gesto de una reflexión sobre la huerta o el coche. Ella lo esperó, de pie tras él. Tan acostumbrada estaba Lola a esperarlo. Y, sin embargo, algo la alarmó: el modo en que él se inclinó para leer las etiquetas. No por lo que estuviera escrito en las etiquetas o en las cajas. Lo que la alarmó fue su repentino interés. Él se dio vuelta y la miró. Ella pensó en algo que decir. Se acordó de que había otra caja embalada en el baño y que podía pedirle que la trajera. Podía pedirle que fuera al supermercado, la lista estaba sobre el televisor, podía haberle pedido muchas cosas, pero no se decidió por ninguna. Entonces él dijo:

—No encuentran al chico.

Comprendió la estrecha relación que esto tenía con sus deseos personales y por un momento se sintió culpable.

—Tampoco volvió anoche a su casa y ya es casi mediodía.

Ella pensó en el robo a la rotisería, en los golpes en las rejas, la llave fija, la chocolatada y el banco en el que el chico se sentaba en la huerta, el banco que era de ellos. Pero dijo:

—¿No hay nada tuyo que quieras poner en una caja?

Él se volvió hacia las cajas y después otra vez hacia ella.

—¿Como qué?

—Cuando mi tía murió mi madre estuvo un año embalando sus cosas. No se puede dejar todo en manos de los demás.

Él miró hacia la huerta y ella pensó que él podría no tener mucho más que eso y tuvo miedo de haberlo lastimado. Era posible que un hombre como él no tuviera suficientes cosas para llenar una caja.

—¿Creés que le haya pasado algo? —dijo él sin quitar la vista de la huerta—. Algunas veces a esta hora se cruza para este lado.

Ella cerró los puños y enseguida los soltó, escondiendo el impulso. La herida latía en la palma de su mano. Ya estaba hecho: él lo había dicho. Finalmente había nombrado al chico, y de un modo tan distraído que ella no había podido reaccionar de la manera adecuada. «Él y el chico». La noticia estaba implícita en su comentario, «no encuentran al chico». Él se había estado viendo con el chico, en la huerta, todo este tiempo. Lo había hecho sabiendo que ella lo sabía, y no había sido capaz de decirlo. Lo había puesto todo sobre la mesa, el cuerpo entero del chico que solo era de él y que le había ocultado hasta entonces. Aspiró profundamente y dejó que la respiración los envolviera. Tomó la cinta de embalar que había quedado sobre las cajas y se alejó rumbo a la cocina, juntando las fuerzas necesarias para lo que seguía.

Él estuvo haciendo cosas en la habitación y en el pasillo. Ella se metió en el escritorio y se ocupó de la última caja del placar. Pero los ruidos de él no eran los de siempre, ella podía escucharlos y suponer que estaba haciendo algo fuera de lo ordinario. Era preocupante y hubiera preferido asomarse y ver de qué se trataba. A él no le iba bien con las cosas de la casa, a menudo necesitaba algún tipo de orientación, pero había dicho lo del chico y ahora ella debía tomar distancia. Él debía entender que había actuado mal. Así que se contuvo. Lo dejó hacer, no le dijo nada cuando lo escuchó salir. Estuvo en la huerta el resto de la tarde y entró al anochecer. Ella lo vio volver con el banco y algunas herramientas y, como ya había encargado la cena, fue hasta el living para evitar cruzarse con él. Encendió el televisor y se sentó en el sillón a ver el noticiero mientras él guardaba las cosas en el garaje. Durmió un poco, después él entró. Escuchó la puerta del garaje y la de la cocina. Lo sintió detenerse a sus espaldas, a dos metros de ella, y así esperó a que él dijera algo, sin dejar de mirar el televisor. Ella estaba segura de que él querría decir algo, lo imaginó buscando las palabras, disculpándose. Le dio su tiempo. Pensó en sacar del bolsillo la lista y darle una ojeada, pero un ruido nuevo la obligó a contener la respiración. El golpe fue sobre la madera del parqué. Un golpe sordo hecho de varios golpes. Giró y vio el cuerpo de él en el piso. Estaba doblado de un modo extraño, poco natural, como si algo interno lo hubiera desactivado repentinamente, sin dar tiempo al cuerpo a dejarse caer. Un momento después vio el hilo fino de sangre avanzando sobre el parqué.

*

Lola llamó a la mujer de la rotisería. La mujer de la rotisería envió una ambulancia y el conductor de la ambulancia, a pedido del médico, llamó a la policía. Se llevaron el cuerpo envuelto en una bolsa gris. Ella pidió ir con él en la ambulancia, pero los dos policías insistieron en que se quedara, la sentaron en su sillón y mientras uno de ellos le hacía preguntas y tomaba notas, el otro fue a la cocina a prepararle un té. Lola escuchó el interrogatorio en silencio, intercalado por los ruidos en la cocina, la pava en el fuego, las puertas de las alacenas abrirse y cerrarse. Se sentía cansada y, entrecerrando a veces los ojos, pensó algunas cosas. Estaba la chocolatada detrás de la sal y las especias. Estaba la posibilidad de que él todavía no hubiera regresado de la huerta, que los golpes de sus huesos fueran parte de algún recuerdo de la siesta de la tarde y que él aún estuviera a sus espaldas, esperando. Varias veces estuvo a punto de quedarse dormida, y no le importó el policía que repetía su nombre, ni el otro que estaba en la cocina. Pero escuchaba otra vez los huesos contra el suelo, a sus espaldas, y un dolor fuerte en el pecho la despabilaba, la obligaba a respirar. Entendió, con una lucidez rencorosa, que esto la mantendría viva para siempre. Que él se había muerto en sus narices, sin ningún esfuerzo, y la había dejado sola con la casa y las cajas. La había dejado para siempre, después de todo lo que ella había hecho por él. Le había dicho lo del chico y se había ido a la tumba con todo dentro. Ahora ella no tenía ni para quién morirse. Soltó su respiración cavernaria, honda y áspera en el living, y el policía dejó de hablar y la miró preocupado. El otro estaba a un lado, sosteniendo la taza de té. Insistieron en que no podía quedarse sola y Lola entendió que debía pensar un momento, volver a la realidad para sacar de la casa a esos dos hombres. Respiró evitando el ruido, llevando otra vez todo hacia adentro. Inventó que había una señora que los cuidaba, y que iría al día siguiente a primera hora. Dijo que necesitaba dormir. Los policías salieron. Ella fue hasta la cocina a buscar el banco que él solía poner junto a la pileta, cuando ella lavaba. Era el único mueble que era capaz de mover por su cuenta. Lo llevó hasta el living y lo puso contra la pared, cerca de donde él se había caído. Se sentó y esperó. La policía había hecho a un lado los muebles y había limpiado. Frente a ella, el piso era una zona húmeda y vacía, brillante como una pista de hielo.

*

Cuando amaneció, la espalda le dolía y un hormigueo fuerte le trepaba por las piernas. Sacó las manos de los bolsillos y se encontró con la lista. La lista decía:
Clasificarlo todo.
Donar lo prescindible.
Embalar lo importante.
Concentrarse en la muerte.
Si él se entromete, ignorarlo.

Entendió que algunas cosas cambiarían, y que no sabría qué decisiones tomar, pero que, injustamente, su respiración seguiría ahí llenándole los pulmones. Intentó enderezar el cuerpo, comprobar que todavía respondiera. La lista tenía diecisiete palabras y prestó especial atención a cada una de ellas. Después sacó su lápiz y tachó la última línea.

*

En algún momento de la noche cruzó hasta el cuarto para acostarse. Estaba por dormirse cuando sonó el timbre. Su cabeza funcionaba lentamente pero, a su tiempo, la alertó de que se trataba de algo distinto y peligroso. Se levantó, sosteniéndose del borde de la cama, y volvió al living sin encender las luces. Escuchó un golpe afuera y pensó otra vez en el ruido de los huesos. El agotamiento la atontaba, aliviaba el miedo. Espió por la mirilla de la puerta principal. Tras la reja, una sombra oscura esperaba junto al portero. Era el chico. Se sostenía el brazo derecho con la mano izquierda, como si le doliera o estuviera lastimado. Volvió a tocar el timbre. Lola levantó el tubo del portero y respiró.

—Ábreme, por favor —dijo el chico—, ábreme.

Miraba hacia la esquina de su derecha, parecía sinceramente asustado.

—¿Dónde está la agujereadora? —dijo Lola—, ¿creés que él no se dio cuenta de que falta la agujereadora?

El chico volvió a mirar hacia la esquina.

—¿Puedo entrar al garaje? —hizo un ruido de dolor que a Lola le pareció fingido—, ¿puedo hablar con él?

Lola colgó el auricular y fue hasta el garaje lo más rápido que pudo. Su cuerpo, cargado de adrenalina, respondió a la altura de la circunstancias. Cerró con llave la puerta que daba al jardín trasero, y trabó las ventanas. Después fue hasta el cuarto y trabó también las ventanas del cuarto. El timbre volvió a sonar una vez, y otra, y otra. Y después no sonó más.

*

La policía la llamó a la mañana siguiente. Un muchacho de administración tenía la orden de chequear que todo estuviera bien. Le pidió disculpas cuando entendió que la había despertado. Dijo que el cuerpo de él estaba en la morgue y que se lo entregarían esa misma tarde. Si quería, podía contratar un servicio de velorio para la mañana del sábado y ellos llevarían el cuerpo hasta ahí. Lola cortó y fue hasta la cocina. Abrió la heladera y la volvió a cerrar. Vio que era la hora del programa del doctor Petterson, y fue hasta el living y se sentó, pero no tuvo fuerzas para encender el televisor.

*

Él había dejado una caja. Lola la encontró en el garaje, en el piso, frente a la puerta que da a la huerta y de cara a las otras cajas, las de ella. Era más chica que las otras. Demasiado liviana para contener la colección de la National Geographic y demasiado pesada para una llave fija o una caja de chocolate en polvo. La llevó al living y la puso sobre la mesa, junto a su lista. Pegada al frente, con mucha prolijidad, había una etiqueta de las que ella usaba para catalogar las cosas. El nombre de él estaba escrito en el primer renglón y ella lo leyó en voz alta.

*

Casi todo se había echado a perder. En el huerto, podía verlo desde el cuarto, solo quedaban los tomates y los limones. En el jardín delantero las alegrías del hogar, los farolitos chinos y las azaleas ya no podrían recuperarse. El correo estaba en el buzón junto a la reja de entrada, pero nadie lo traía hasta la casa. Se habían acabado los yogures, las galletas, las latas de atún, los paquetes de fideos. Había un cartel en el primer cajón del escritorio que decía *acá está el dinero*. Había otro idéntico en la mesa de luz de él, *acá está el dinero*, pero ese cajón se había estado abriendo casi una semana seguida, para el hombre de los sepelios –que se había ocupado de todo lo que había que ocuparse sin que ella tuviera que salir de la casa–, y para el chico de la rotisería, cada vez que traía algo de pollo. Así que ahora el cartel de ese cajón estaba tachado con el rotulador grueso. Había algunas bolsas de basura en la puerta de la casa, porque los basureros no saltaban la reja para llegar hasta ahí. El frío conservaría la basura, Lola contaba con eso. Tenía cosas urgentes que resolver y le había costado volver a concentrarse, recordar qué era lo verdaderamente importante, tomar algunas decisiones. Había escrito un nuevo ítem en su lista. *Él está muerto*. Se preguntó si esta anotación no debería ir en una lista aparte. Pero lo importante era qué debía ser recordado y qué no, y, en ese sentido, todos los ítems tenían un valor que los justificaba. Tener presente su muerte le ahorraba disgustos respecto al estado de ciertas cosas de la casa. Si se concentraba en ciertas cosas, si pasaba algunas horas de intensa clasificación y rotulación o más de lo aconsejado frente al televisor, levantaba un segundo la cabeza para escuchar sus ruidos, para localizarlo en la casa, para adivinar qué era lo que él podría estar haciendo.

Una noche, sentada frente al televisor, sintió ruidos en el baño. Parecían piedras contra el vidrio de la ventana. ¿No había escuchado ya ese ruido? Por alguna razón recordó la ligustrina que separaba su jardín del de la mujer. Recordó la zanja. Hubo más ruidos, por unos segundos se repitieron con insistencia y Lola estuvo a punto de dejarse distraer otra vez, pero un nuevo presentimiento le recordó lo importante. Lo sintió en el cuerpo, una advertencia física que la puso en alerta. Bajó el volumen del televisor. Con una mano sobre las rodillas, y otra contra el respaldo del sillón, despegó su peso inclinándose hacia el centro del living. Ya estaba de pie. Fue hasta el garaje y encendió la luz. Las dos lámparas grandes del techo iluminaron las cajas. El coche había quedado afuera, desde la última vez que él lo usó, y ahora casi todo estaba en cajas. Las vio todas juntas, como si nunca antes hubiera tomado conciencia de las dimensiones de su trabajo. Pensó en los muebles entre los que acababa de caminar y entendió que estarían prácticamente vacíos. Miró la mesada de trabajo que tenía a sus espaldas, antes repleta de frascos de clavos, de sogas, cables y herramientas, y descubrió que ya se había ocupado también de eso. Supo cuándo lo había hecho y cómo lo había hecho, pero por un momento la asustó pensar que alguien más podía estar ocupándose del embalaje. Entonces recordó que otras veces había pensado en ordenar las cosas del garaje, había ido hasta ahí y había descubierto que ya lo había hecho. Que había abierto las puertas del mueble del baño y se había asustado al ver que estaba vacío, y también al encontrar la basura en la puerta, y la huerta deshecha. Su respiración se agitó pero se concentró en mantener la calma. Sobre el resto de las cajas vio una un poco más pequeña, una caja claramente distinta. Ella nunca cruzaría la cinta de ese modo, sin acompañar los pliegues de lado a lado para que el cartón no se abriera si llevaba demasiado peso. Se acercó. Una etiqueta, de esas que ella misma usaba para rotular, llevaba el nombre de él. Y entonces también lo recordó. Recordó que él estaba muerto, y que él había armado esa caja. Así encontró el otro cartel, más abajo, uno con la letra de ella que decía «no abrir». Pero no recordó si lo había abierto ya o no, y si acaso eso no sería una advertencia. Quizá habría mucho más que ella no estuviera recordando. Además de la lista tendría que anotar otras cosas, cosas nuevas que no debía olvidar. Fue hasta la cocina por su anotador, lo encontró donde esperaba y eso estaba bien. A punto de regresar al garaje se detuvo. Había un cartel pegado en la heladera: una hoja de cuaderno que decía «Me llamo Lola, esta es mi casa». Era su letra. Escuchó un ruido áspero y fantasmal, temblando en su cuerpo, y reconoció que era su propia respiración. Se sostuvo de la mesada de la cocina y fue así hasta el banco que usaba para lavar los platos, frente a la ventana. Vio el coche estacionado afuera y el árbol del jardín delantero. Pensó si acaso un segundo antes el tronco no estaba hinchándose, si el chico no estaría aga- zapado detrás, listo para entrar a la casa en cuanto ella se distrajera. Frente al peligro, se dio cuenta de que ella seguía ahí, cuidando de todas las cosas, a cargo de la casa, las compras, la basura, a cargo de todo lo que había sobre el mundo mientras él dormía en la habitación de al lado.

*

¿Qué era lo importante? Tenía hambre, pero lo olvidó enseguida. Fue hasta el garaje, volvió al living, se sentó en el sillón de él. Levantó del piso dos National Geographic, se preguntó qué harían ahí. Escuchó golpes en la puerta: había alguien del otro lado, tal vez ya habían tocado antes. Conservó las revistas para que le recordaran qué estaba haciendo y fue a atender. Era la mujer de al lado. Lola volvió a impresionarse al ver esas ojeras tan grises. La mujer quería preguntarle si estaba bien. Lola necesitó un momento para pensar qué responder, y después fue como volver todos esos días atrás. Recordó al chico. Recordó que él pasaba la tarde entera con el chico. Lo que pasó en la rotisería, y que el chico había desaparecido. Así se acordó también de las cajas y de que se quería morir, hacía años, y de que todavía estaba viva, viva incluso sin él.

–¿Necesita algo? –preguntó la mujer.

Lola se había encorvado un poco llevando las manos hacia su pecho, pero levantó de inmediato la mirada.

–Estoy enferma –dijo–, pronto me voy a morir.

–Ya veo –dijo la mujer.

Se quedaron un momento en silencio. Después la mujer dio un paso hacia la calle y se volvió otra vez hacia Lola:

–Las cajas que me ofreció… ¿Todavía las tiene?

–Las cajas…

Lola pensó en las cajas, en si le sobraban cajas –no le sobraban–, en qué sería conveniente hacer en ese momento. Pensó que si las cajas eran para que la mujer se mudara –cosa que sería muy conveniente– podría vaciar algunas de las que ya estaban armadas y pedirle que se las regresara más adelante, pero la mujer parecía quererlas para otra cosa, y si era así querría conservarlas, o donarlas, o incluso quemarlas, pero de ninguna forma se trataría de cajas que ella volvería a ver.

–¿Para qué necesita las cajas? –preguntó Lola.

–Quiero guardar las cosas que quedaron de mi hijo.

–¿Ya no vive con usted?

–Lola, mi hijo está muerto, ya se lo dije demasiadas veces.

Algo se desanudó y se expandió, Lola pudo sentirlo dentro, cerca de su esófago, como una pastilla atorada en la garganta que al fin se disuelve. Pensó en la chocolatada, en el banco que había quedado abierto en la huerta de él, sobre la hojarasca. Después vio las National Geographic colgando de su mano derecha y se preguntó si acaso él habría vuelto a desordenar las revistas, si otra vez ella estaría a cargo de su dejadez y su desorden.

–Lo encontraron en la zanja –dijo la mujer, y Lola se preguntó por qué la mujer la miraba de esa forma–. ¿De verdad no escuchó nada? ¿Ni a la policía?

Si daba un paso adelante Lola tendría que dar uno atrás y entonces ambas estarían dentro de la casa. Era una situación peligrosa.

–Alguien llamó a la policía para avisar que mi hijo estuvo horas en esa zanja, pero ya era tarde.

Lola metió la mano libre en su bolsillo y acarició el papel gastado de su lista. Intuía claramente que había hecho nuevas anotaciones, pero no recordaba de qué se trataban y le parecía descortés revisarlo en ese momento.

–Y yo creo que fue usted –dijo la mujer.

Lola esperó. La miró con desconfianza.

–¿A qué se refiere?

–Usted vio a mi hijo en la zanja.

–¿Quién es usted?

—No sabe quién soy, pero de las cajas siempre se acuerda.

Lola acarició el papel en su bolsillo, realmente necesitaba leer su lista.

—No puedo prestarle las cajas, están todas ocupadas. —Lola se preguntó con qué estarían llenas las cajas y lo recordó al momento. Entonces se acordó de él—: Dios santo, él está muerto...

—Así es, y creo que fue usted la que avisó a la policía.

Esto volvió a confundir a Lola.

—Lo siento, no entiendo de qué me está hablando.

Lola sacó la lista —no pudo evitarlo—, la abrió y la leyó para sí misma. La lista decía:

Tirar las cosas rotas.

Embalar lo importante.

Concentrarse en la muerte.

Él está muerto.

La mujer dio un paso adelante, ella uno hacia atrás y ya estaban dentro de la casa. Lola la empujó, fue un movimiento instintivo y la mujer pisó hacia atrás más allá del escalón y casi tropezó con el envión que la dejó sobre el camino, dos escalones más abajo. Lola cerró la puerta, puso la traba y esperó. Esperó un minuto, atenta al silencio y a la manija de la puerta, y luego esperó un minuto más. No pasó nada. Dos minutos es mucho tiempo, le dolieron las rodillas y los tobillos, la espalda se resintió, pero esperó. Juntó fuerzas, espió por la mirilla y la mujer ya no estaba. Buscó su lapicera y agregó al final de su lista:

La mujer de al lado es peligrosa.

Después leyó la lista nuevamente. Había muchas cosas importantes y los dos primeros ítems ya no estaban a la altura. Los tachó. Escribió algo más al final. Ahora la lista decía:

Concentrarse en la muerte.

Él está muerto.

La mujer de al lado es peligrosa.

Si no lo recuerdas, espera.

*

La despertó un ruido pero no abrió los ojos y se dijo que había hecho bien. Porque ya no se trataba del intruso, ni de las rejas del frente. El ruido fue cercano y sutil, dentro del cuarto. Si abría los ojos, se dijo a sí misma, podría tener que enfrentar algo terrible. Se concentró en controlar los párpados. Estaba lista para la muerte, qué alivio sería si solo se hubiera tratado de la muerte, no quería sufrir, no quería que la lastimaran, y otra vez el ruido sobre la madera del piso, inconfundiblemente humano. ¿Sería él? No, se dijo en silencio. Él estaba muerto. Abrió los ojos. El chico estaba parado a los pies de la cama. No podía verle la cara, solo su contorno oscuro. Quería preguntarle cómo había entrado, pero se dio cuenta de que no podía hablar y se preguntó si sería porque estaba asustada o porque el chico le habría hecho algo, algo que le impedía hablar o gritar. Despacio, sosteniéndose el brazo, el chico se sentó al borde de la cama. Lola tuvo que correr los pies y encoger las piernas para no tocarlo. Vio al chico más flaco, más pálido. Cuando la miró, la cara estaba oscura por completo, y ya no pudo adivinar ningún otro gesto. ¿Dónde estaba él cada vez que el chico intentaba asustarla? Lola no hizo nada cuando el chico se incorporó y se alejó hacia la cocina. Siguió sus ruidos. Lo escuchó tropezar al caminar, dos veces se golpeó contra los muebles. Abrió las puertas de la alacena, una tras otra hasta que, tras un último portazo, todo quedó en silencio. ¿Habría encontrado la chocolatada?

*

Podía ver las vetas de la madera. Cerró los ojos y volvió a abrirlos. Estaba acostada en el piso del living. ¿Qué hacía en el suelo? Palpó el bolsillo del delantal para verificar que llevaba su lista, pero no la encontró. Le dolía el lado del cuerpo sobre el que estaba acostada. Se levantó despacio, controlando que sus piernas funcionaran correctamente. Los dolores usuales seguían ahí. Fue hacia la cocina. Había bolsas de basura en el pasillo, apoyadas sobre las repisas vacías. Cruzó la cocina y entró al garaje. Había más cajas de las que recordaba y pensó que tal vez él había estado embalando cosas a sus espaldas. Llevó sus manos a los bolsillos y así descubrió en sus dedos las gasas. Sacó las manos para mirárselas. Las gasas envolvían el dedo índice, el pulgar de la mano derecha y la muñeca entera de la izquierda. Todo estaba teñido de un rojo ya seco. Tenía hambre y regresó a la cocina. Sobre las canillas un cartel decía «Girar a la derecha para abrir, girar a la izquierda para cerrar», a un lado otro cartel decía «izquierda», y en la otra punta otro cartel decía «derecha». La leche estaba afuera, sobre la cocina, el cartel de la leche decía «guardar en la heladera». Había una lista un poco más allá, pero no era su lista, su lista de cosas importantes. Esta lista decía «es necesario poner el sachet de leche en un bol para que la leche no se desparrame». No estaba segura de si quedaría todavía algo de leche, así que no siguió leyendo y la tiró a la basura. Entonces oyó algo ronco a sus espaldas. Silencioso pero perceptible para ella, que estaba alerta y conocía su espacio. Volvió a sentirlo, esta vez desde el techo, y a sentirlo otra vez, mucho más cerca, rodeándola por completo. Iba y venía, como un ronquido áspero y profundo, como la respiración de un gran animal dentro de la casa. Miró el techo y las paredes, se asomó a la ventana. Después se habló a sí misma, se recordó que ya había escuchado ese ruido y que eso la retrasaba más y más en lo que debía hacer. Se dijo que no podía permitirse más distracciones. ¿Qué era lo que tenía que hacer?

*

Los tres espejos de la casa estaban rotos, los vidrios astillados desparramados en el piso, más vidrios contra las paredes, barridos desprolijamente. Estaba segura de que había sido el chico. Ese chico, que era el chico de él, se había llevado toda la comida de la alacena y estaba rompiéndolo todo. ¿Se habría llevado también la chocolatada? Se incorporó en la cama. Algo olía muy mal, ácido y viejo. Se puso las medias y se calzó. Entonces volvió a escucharlo: estaba otra vez en la casa, robando, rompiendo, comiendo. Se incorporó —estaba furiosa, ya no lo soportaba más—, y salió de la habitación atándose el salto de cama. Fue hacia la salida. El cartel de la puerta decía «No olvidar las llaves», así que las agarró y salió. La sorprendió la luz del atardecer, estaba segura de que era la mañana, pero se dijo a sí misma que ahora debía concentrarse en esta nueva idea. Esquivó la basura, cruzó los yuyos hasta su reja, que estaba abierta, y salió a la vereda. Vaciló, se miró los pies, las sandalias húmedas, después retomó el camino hasta la puerta de la casa de la mujer y tocó el timbre. Todo sucedió muy rápido. No hubo dolor, ni complicaciones respiratorias y, cuando la mujer atendió, Lola no supo muy bien si estaba haciendo lo correcto.

–Buenos días –dijo Lola.

La mujer se quedó mirándola. Estaba tan flaca y tan pálida, era tan evidente que era una mujer enferma, o drogadicta, que a Lola le preocupó las consecuencias de lo que tenía que decirle.

–Su hijo me está robando.

Y tenía esas terribles ojeras.

–Vació todas las alacenas.

Algo brilló en el fondo de los ojos de la mujer y sus facciones se endurecieron aún más. Tomó aire, más aire del que una mujer tan menuda podría necesitar y entornó la puerta tras de sí, como si Lola tuviera alguna intención de entrar a esa casa.

–Señora…

–Y no es la primera vez que lo hace.

–Mi hijo está muerto.

La voz sonó fría y metálica, parecida a la de un contestador automático y Lola se preguntó cómo la gente podía decir cosas así sin ningún tipo de escrúpulo.

–Su hijo está viviendo en el fondo de mi casa, y está rompiendo todos mis espejos –habló con voz firme y fuerte y no se arrepintió de hacerlo.

La mujer dio un paso hacia atrás y se apretó la sien con los puños cerrados.

–No puedo más con usted. No puedo –dijo la mujer.

Lola se llevó las manos a los bolsillos, sabía que había algo importante que buscar pero no podía recordar qué.

–Tiene que calmarse –dijo Lola.

La mujer asintió. Respiró y bajó los puños.

–Lola –dijo la mujer.

¿Cómo sabía su nombre esa mujer?

–Lola, mi hijo está muerto. Y usted está enferma. –Dio un paso más hacia atrás que a Lola le pareció de borracha, o de alguien que ya no puede controlar sus nervios–. Usted está enferma, ¿entiende? Y toca el timbre de mi casa… –los ojos se le llenaron de lágrimas– todo el tiempo.

La mujer tocó el timbre de su propia casa dos veces, el ruido era molesto y se escuchó sobre sus cabezas.

–Todo el tiempo toca y toca –volvió a tocar tan fuerte que el dedo se dobló sobre el timbre, y todavía una vez más, con violencia–, para decirme que mi hijo está vivo en el fondo de su casa –su tono de voz subió abruptamente–. Mi hijo, el hijo que enterré con mis propias manos porque usted es una vieja estúpida que no avisó a tiempo a la policía.

Empujó a Lola hacia atrás y cerró de un portazo. Lola la escuchó llorar detrás de la puerta. Gritar alejándose. Otro golpe fuerte más al fondo de la casa. Se quedó mirándose las sandalias. Estaban tan húmedas que dejaban algo de huella sobre el cemento. Dio algunos pasos para comprobarlo, miró el cielo y se dio cuenta de que el programa del doctor Petterson estaría por empezar, pero entonces se acordó por qué había ido hasta ahí, subió los dos escalones hasta la puerta y toco el timbre. Esperó. Prestó atención y llegó a escuchar ruidos en el fondo de la casa. Volvió a mirar sus sandalias, que estaban mojadas y entonces recordó otra vez que el programa del doctor Petterson estaría por empezar y bajó los escalones despacio, muy despacio, calculando la estrategia que le permitiría regresar a su casa lo más pronto posible sin que la respiración se agitara en sus pulmones.

*

Pero Lola recordaba perfectamente el incidente del supermercado. Buscaba un producto nuevo en la zona de enlata-
dos. Hacía calor, porque los empleados de ese supermercado no operaban bien el aire acondicionado. Se acuerda
de los precios, diez pesos con noventa, por ejemplo, salía
la lata de atún que tenía en la mano cuando unas ganas
incontenibles de ir al baño presionaron su vejiga. Ahí fue
que vio a la mujer, un poco más allá, cerca de los lác-
teos, concentrada en los yogures. Rondaba los cuarenta
años y era demasiado robusta, tanto que Lola no pudo
evitar pensar en qué tipo de pareja conseguiría una mujer
como esa y también que, si ella hubiera sido así a esa edad,
hubiera encontrado la forma de bajar un poco de peso. Su
vejiga volvió a presionar, esta vez un poco más fuerte de
lo normal, y Lola entendió que ya no era una necesidad
contenible sino una urgencia. Una nueva presión la asustó
y soltó la lata de atún, que golpeó contra el piso. Vio a
la mujer volverse hacia ella. Temió que algo de pis se le
hubiera escapado, le dio asco y tragó. A ella no le pasaban
esas cosas, así que sintió la humedad y se dijo que serían
apenas unas gotas, que no se notaría en la pollera que llevaba. Fue exactamente ahí que lo vio, estaba sentado en
el changuito de la mujer, mirándola. Tardó en reconocerlo,
por un segundo fue solo un chico normal, un chico de unos
dos o tres años sentado en la sillita del changuito. Hasta
que vio sus ojos oscuros y brillantes mirándola, las manitos
aferrarse al barral metálico, pequeñas pero fuertes, y tuvo la
certeza de que se trataba de su hijo. La humedad cálida del
pis copió parte de la forma de su bombacha. Dio dos pasos
torpes hacia atrás y vio a la mujer acercarse hacia ella. Y
todavía pasó algo más, algo que no pudo contarle a nadie,
ni al médico del hospital ni a él. Algo que recuerda porque

de ese día no se ha olvidado de nada. Vio su cara en la cara de la mujer, mirándola. No era un juego de espejos. Esa mujer era ella misma, treinta y cinco años atrás. Fue una certeza aterradora. Gorda y desarreglada, se vio acercarse a sí misma con idéntica repulsión.

*

El doctor Petterson seguía ahí, mirándola desde el televisor y mostrándole una lata de conservas. Ella estaba de pie, sosteniéndose de la mesa con una mano. Con la otra mano bajó el cierre de la falda para dejarla caer, pero estaba pegada al cuerpo y tuvo que empujarla hacia abajo para quitársela. El chico estaba sentado en el sillón de él. Lo vio solo entonces, y se miraron. Lola no supo qué pensaba el chico ni qué pensaba ella misma respecto al chico. Solo sabía que tenía muchísima hambre, y que ya no estaban en la heladera sus veinticuatro yogures de crema y durazno. Así que se acordó de la chocolatada, y se vio comiéndola a oscuras en la cocina, a cucharadas. ¿Habría sido ella, todo este tiempo? ¿Sería posible? ¿Él lo sabría? ¿Dónde estaba él? Escuchó un sonido grave, profundo. Tan grave que el suelo tembló bajo su cuerpo. Sonó otra vez, oscura y pesada dentro de ella. Era su respiración cavernaria, un gran monstruo prehistórico golpeándola dolorosamente desde el centro del cuerpo. Y sin embargo esto era lo que estaba buscando, se lo dijo a sí misma, intuitivamente. Apoyada contra la pared, se dejó caer hasta el piso. Se concentró en el dolor. Porque, si eso era la muerte, este era el golpe final que necesitaba para morir. Era todo lo que quería, lo que había deseado tantos años pero solo se había llevado él. Terminar. Su corazón se aceleró, golpeó su pecho y agitó al monstruo, las voces se apagaron, se dejó llevar, hundirse y perderse, alejarse del malestar. Vio una imagen muda. El recuerdo de una tarde calurosa en la quinta de sus abuelos, sosteniendo la falda de su vestido azul repleta de flores silvestres. Y otra imagen más, la primera vez que él cocinó para ella, la mesa puesta, el perfume dulce de la carne con ciruelas. Entonces Lola regresó a su cuerpo, y su cuerpo le regresó el dolor. Sintió en la carne el aire tajante subir y bajar. En sus pulmones, una punzada aguda llegó con su última revelación: no iba a morirse nunca, porque para morirse tenía que recordar el nombre de él, porque el nombre de él era también el nombre de su hijo, el nombre que estaba en la caja, a metros de ella. Pero el abismo se había abierto, y las palabras y las cosas se alejaban ahora a toda velocidad, con la luz, muy lejos ya de su cuerpo.

CUARENTA CENTÍMETROS CUADRADOS

MI SUEGRA QUIERE que compre aspirinas. Me da dos billetes de diez y me indica cómo llegar a la farmacia más cercana.

—¿Seguro que no te molesta ir?

Niego y voy hacia la puerta. Intento no pensar en la historia que acaba de contarme, pero el departamento es chico y hay que esquivar tantos muebles, tantas repisas y vajilleros repletos de adornos que es difícil pensar en otra cosa. Salgo del departamento al pasillo oscuro. No enciendo las luces, prefiero que la luz llegue por sí misma cuando las puertas del ascensor se abran y me iluminen.

Mi suegra armó un árbol de navidad sobre la chimenea. Es una chimenea a gas y de piedras artificiales, y ella insiste en mudarla cada vez que cambia de departamento. El árbol de navidad tiene la altura de un enano, es flaco y de un verde claro artificial. Tiene bochas rojas, dos guirnaldas doradas y seis muñecos papanoeles colgando de las ramas como en un club de ahorcados. Me detengo a verlo varias veces al día o pienso en él mientras hago otras cosas. Pienso en que mi madre compraba guirnaldas mucho más mullidas y suaves, y en que los ojos de los papanoeles no están pintados exactamente sobre los relieves oculares, donde deberían estar.

Cuando llego a la farmacia que me indicó veo que está cerrada. Son las diez y cuarto de la noche y voy a tener que buscar alguna de turno. No conozco el barrio y no quiero llamar a Mariano, así que adivino por el tránsito la avenida más cercana y camino hacia allá. Tengo que volver a acostumbrarme a esta ciudad.

Antes de viajar a España devolvimos el departamento que alquilábamos y embalamos las cosas que no llevaríamos con nosotros. Mi madre trajo cajas de su trabajo, cuarenta y siete cajas de vinos mendocinos que fuimos armando a medida que las necesitábamos. Las dos veces que Mariano nos dejó solas mi madre volvió a preguntarme por qué estábamos yéndonos realmente, pero ninguna de las veces pude contestar. Un camión de mudanzas llevó todo hasta una baulera. Me acuerdo de esto porque estoy casi segura de que en la caja que dice «baño» hay una tira de aspirinas. Pero ahora, de regreso a Buenos Aires, todavía no fuimos por ellas. Antes hay que encontrar un nuevo departamento, y antes de eso hay que juntar algo de toda la plata que perdimos.

Hace un rato mi suegra me contó esta historia horrible, pero la contó orgullosa y dijo que alguien debería escribirla. Es anterior a su divorcio, anterior a la venta de la casa y a su ayuda con el dinero para España. Después le bajó la presión, le vino ese terrible dolor de cabeza y me mandó a comprar aspirinas. Cree que extraño a mi madre, y no entiende por qué no quiero llamarla.

Veo una farmacia una cuadra más allá, sobre la avenida, espero el semáforo para cruzar. También está cerrada pero tiene una lista de turnos. Si me ubico bien, hay una del otro lado de Santa Fe, pasando las vías de la estación Carranza. Son unas cuatro cuadras más y ya me alejé bastante. Pienso que sería bueno que Mariano llegara, le preguntara a su madre por mí, y ella tuviera que explicarse diciendo que me ha mandado a comprar aspirinas a las diez y media de la noche por un barrio que no conozco. Después me pregunto por qué eso sería algo bueno.

Lo primero que me contó mi suegra es que estaba de pie en medio del comedor de su casa. Su marido estaba en el trabajo, pero regresaría pronto. Sus cuatro hijos estaban fuera también, uno trabajando con el padre, los otros estudiando. La noche anterior se había peleado otra vez con su marido, y le había pedido el divorcio. La casa era grande, y había perdido el control sobre ella. La mujer que limpiaba estaba a cargo ahora, y ella ya no podía decir qué se guardaba en los placares ni qué faltaba en las alacenas. Cuando se sentaban a la mesa, los hijos se divertían viéndola comer. Si había pollo roía los huesos con ansiedad, si había postre se servía doble ración, tomaba agua con la boca llena. Es que estoy muy sola, pensaba para sí misma, y mis hijos solo creen en su padre.

Tomo la primera calle hacia el cruce pero está cerrada, es una calle sin salida, y lo mismo sucede en la cuadra siguiente. Busco alguien a quien preguntar. Encuentro a una mujer que me mira desconfiada. Dice que dos cuadras más allá se puede pasar al otro lado de Santa Fe por los túneles del subte.

Así que ese día mi suegra estaba de pie en medio del comedor, se miró las manos y decidió su siguiente paso.

Agarró el abrigo, la cartera, salió de la casa y tomó un taxi hasta la calle Libertad. Diluviaba, pero sentía que, si no hacía lo que tenía que hacer en ese mismo momento, no iba a hacerlo nunca más. Cuando bajó se mojó las sandalias, el agua le llegaba hasta los tobillos. Tocó el timbre de un local de compra-venta de oro. Vio al vendedor acercarse entre los mostradores iluminados. Supongo que le abrió mirándola de arriba abajo, lamentando que alguien entrara a su negocio tan empapado. Adentro el aire acondicionado estaba muy fuerte y le pegaba sobre la nuca.

–Quiero vender este anillo –dijo ella. Pensó que le costaría quitárselo, porque había engordado mucho, pero estaba empapada y el anillo salió sin esfuerzo.

El hombre lo colocó en una pequeña balanza electrónica.

–Puedo darle treinta dólares.

Ella se tomó unos segundos para contestar. Después dijo:

–Es mi anillo de bodas.

Y el hombre dijo:

–Es lo que vale.

Ahora bajo por la boca del subte y tomo el túnel para cruzar la avenida. Frente a los carteles de bifurcación reconozco el lugar y me acuerdo que ya he estado acá otras veces. A la derecha, bajando dos escaleras más, está la parada de subte, a la izquierda está la salida. Quizá porque pienso que hay alguna farmacia en el subte, o porque quiero recordar un poco más la estación, bajo hacia la derecha. Pierdo el tiempo porque me ayuda a seguir adelante, hace un mes y medio que no tengo absolutamente nada que hacer. Así que voy hacia la estación. Llevo encima una tarjeta que todavía sirve, un tren está llegando. Chillan un poco las ruedas y las puertas se abren al unísono. En el andén hay poca gente porque el servicio termina a las once.

Alguien se asoma desde el primer vagón, tal vez alguien de seguridad preguntándose si subiré o no subiré. Cuando el tren se aleja me siento en uno de los bancos vacíos. La estación queda en silencio y entonces algo se mueve un poco más allá del banco. Es un hombre viejo sentado en el piso. Es un mendigo, sus piernas terminan en dos muñones un poco antes de las rodillas. Mira el cartel de champú que hay del otro lado de las vías.

Mi suegra aceptó el dinero, me dijo que salió acariciándose el dedo anular. Afuera ya no llovía pero el agua todavía llegaba hasta los locales y las sandalias mojadas le lastimaban los pies. Unos días más tarde cambiaría los dólares que tenía en los bolsillos por un par de sandalias que nunca tendría la fuerza de ponerse, y aún así, seguiría casada veintiséis meses más. Me lo contó en el comedor pintándose las uñas. Dijo que no le hace falta el dinero de España, y que podemos devolverlo cuando queramos. Dijo que extraña mucho a sus hijos, pero sabe que ellos están ocupados en sus cosas, y no quiere ser cargosa llamándolos todas las veces que realmente querría llamarlos. Pensé que tenía que escucharla, que era mi obligación porque estaba viviendo en su casa, y porque me daba culpa que ya no tuviera su anillo de trcinta dólares. Porque insistía en cocinarnos, en planchar la ropa cada vez que la lavábamos, porque conmigo había sido tan buena desde el principio. También dijo que le pidió a la vecina del C los clasificados del domingo y se fijó si no había algún nuevo departamento para mudarse, porque este tampoco le parecía lo suficientemente luminoso. La escuché porque no tenía nada más que hacer, y la miré porque estaba sentada delante del árbol de navidad. Y al fin dijo que le encantaba charlar conmigo, así, como dos amigas. Que cuando era una nena, en la cocina de su casa, se charlaba de todo, que le gustaría que su madre todavía la acompañara. Se quedó un rato callada, así que intenté volver a abrir mi revista, pero dijo:

—Cuando le pido algo a Dios pido así: Dios, vos hacé lo mejor que puedas —y dio un largo suspiro—. De verdad, no pido nada puntual. De tanto escuchar a la gente aprendí que no siempre piden lo que es mejor para ellos.

Y entonces dijo que le dolía mucho la cabeza, que estaba mareada, y me preguntó si me molestaría ir por unas aspirinas.

Otro tren se va de la estación. El mendigo me mira y dice:

—¿Usted tampoco toma ninguno?

—Necesito mis cajas —digo, porque de pronto me acuerdo de ellas y así es como sé qué es lo que quiero, por qué estoy sentada todavía en este banco.

Pero mi suegra dijo algo más. Algo muy tonto que ya no pude sacarme de la cabeza. Dijo que, al salir del negocio con sus treinta dólares, no podía regresar a su casa. Tenía dinero para un taxi, recordaba su dirección, no tenía ninguna otra cosa que hacer, pero, simplemente, no podía hacerlo. Caminó hasta la esquina, donde había una parada de colectivos, se sentó en el banco de metal, y ahí se quedó. Miró a la gente. No quería ni podía pensar en nada, ni sacar ninguna conclusión. Solo podía mirar y respirar, porque su cuerpo lo hacía automáticamente. Un tiempo indefinido se cumplía de un modo cíclico, el colectivo llegaba y se iba, la parada quedaba vacía, y se volvía a llenar. La gente que esperaba cargaba siempre con algo. Llevaban sus cosas en bolsos, en carteras, bajo el brazo, colgando de las manos, apoyadas en el piso entre los pies. Ellos estaban ahí para cuidar de sus cosas, y a cambio sus cosas los sostenían.

El mendigo trepa hasta mi banco. No entiendo cómo lo ha hecho, y me asusta que pueda moverse tan rápido.

Huele a basura, pero es amable. Saca de su bolsa una guía de las calles.

—Quiere sus cajas —dice, y abre la guía hacia mí—, pero no sabe cómo llegar…

Aunque es una guía vieja reconozco en el mapa las estaciones de subte de la ciudad. De Retiro a Constitución, y del Centro hasta Chacarita.

Mi suegra dice que lo recuerda todo, tanto lo recuerda que puede describir cada una de esas cosas que cargaba la gente. Pero ella tenía las manos vacías. Y no iba hacia ningún lugar. Dijo que estaba sentada en cuarenta centímetros cuadrados, eso dijo. Tardé en entender. Es difícil pensar en mi suegra diciendo algo así, aunque eso es lo que dijo: que estaba sentada en cuarenta centímetros cuadrados, y que eso era todo lo que ocupaba su cuerpo en el mundo.

El mendigo me espera. Baja un segundo la mirada y descubro que en los párpados tiene dibujados un par de ojos, como los papanoeles del árbol de navidad. Creo que debería ponerme de pie, que una vez en la baulera reconoceré la caja que necesito. Pero no puedo hacerlo. No puedo siquiera moverme. Si me paro, no podré evitar ver cuánto ocupa realmente mi cuerpo. Y si miro el mapa —el mendigo lo acerca ahora un poco más, por si eso ayuda—, descubriré que, en toda la ciudad, no hay ningún sitio que pueda señalarle.

El cuento «Un hombre sin suerte» no estaba incluido en el manuscrito que participó en el IV Premio Internacional de Narrativa Breve Ribera del Duero. La decisión de incluirlo en este libro se tomó durante el proceso de edición del mismo. Este relato obtuvo el Premio Internacional de Cuento Juan Rulfo 2012 (Nota del Editor).

Un hombre sin suerte

EL DÍA QUE CUMPLÍ OCHO AÑOS, mi hermana –que no soportaba que dejaran de mirarla un solo segundo– se tomó de un saque una taza entera de lavandina. Abi tenía tres años. Primero sonrió, tal vez por el mismo asco, después arrugó la cara en un asustado gesto de dolor. Cuando mamá vio la taza vacía colgando de la mano de Abi, se puso tan blanca como ella.

–Abi-mi-dios –eso fue todo lo que dijo mamá– Abi-mi-dios –y todavía tardó unos segundos más en ponerse en movimiento.

La sacudió por los hombros, pero Abi no respondió. Le gritó, pero Abi tampoco respondió. Corrió hasta el teléfono y llamó a papá, y cuando volvió corriendo Abi seguía de pie, con la taza colgándole de la mano. Mamá le sacó la taza y la tiró en la pileta. Abrió la heladera, sacó la leche y la sirvió en un vaso. Se quedó mirando el vaso, luego a Abi, luego el vaso y finalmente tiró también el vaso a la pileta. Papá, que trabajaba muy cerca de casa, llegó enseguida, y todavía le dio tiempo a mamá a hacer todo el show del vaso de leche una vez más, antes de que él empezara a tocar la bocina y a gritar.

Mamá pasó como un rayo cargando a Abi contra su pecho. La puerta de entrada, la reja y las puertas del coche quedaron abiertas. Sonaron más bocinas y mamá, que ya estaba sentada en el coche, empezó a llorar. Papá tuvo que gritarme dos veces para que yo entendiera que era a mí a quien le tocaba cerrar.

Hicimos las diez primeras cuadras en menos tiempo de lo que me llevó cerrar la puerta del coche y ponerme el cinturón. Pero cuando llegamos a la avenida el tráfico estaba prácticamente parado. Papá tocaba bocina y gritaba «¡Voy al hospital! ¡Voy al hospital!». Los coches que nos rodeaban maniobraban un rato, milagrosamente conseguían dejarnos pasar y un par de coches más adelante, todo empezaba de nuevo. Papá frenó detrás de otro coche, dejó de tocar bocina y se golpeó la cabeza contra el volante. Nunca lo había visto hacer una cosa así. Hubo un momento de silencio y entonces se incorporó y me miró por el espejo retrovisor. Se dio vuelta y me dijo:

—Sacate la bombacha.

Tenía puesto mi jumper del colegio. Todas mis bombachas eran blancas, aunque eso era algo en lo que yo no estaba pensando y no podía entender el pedido de papá. Apoyé las manos sobre el asiento para sostenerme mejor. Miré a mamá y ella gritó:

—¡Sacate la puta bombacha!

Y yo me la saqué. Papá me la quitó de las manos. Bajó la ventanilla, volvió a tocar bocina y sacó afuera mi bombacha. La levantó bien alto mientras gritaba y seguía tocando, y toda la avenida se dio vuelta para mirarla. La bombacha era chica, pero también era muy blanca. Una cuadra más atrás una ambulancia encendió las sirenas, nos alcanzó rápidamente y nos escoltó. Papá siguió sacudiendo la bombacha hasta que llegamos al hospital.

Dejaron el coche junto a las ambulancias y se bajaron de inmediato. Sin esperarnos, mamá corrió con Abi y entró en el hospital. Yo dudaba si debía o no bajarme: estaba sin bombacha y quería ver dónde la había dejado papá, pero no la encontré ni en los asientos delanteros ni en su mano, que ya cerraba desde afuera su puerta.

—Vamos, vamos —dijo papá.

Abrió mi puerta y me ayudó a bajar. Cerró el coche. Me dio unas palmadas en el hombro cuando entramos en el hall central. Mamá salió de una habitación del fondo y nos hizo una seña. Me alivió ver que volvía hablar, daba explicaciones a las enfermeras.

—Quedate acá —dijo papá, y me señaló unas sillas naranjas al otro lado del pasillo.

Me senté. Papá entró en el consultorio con mamá y yo esperé un buen rato. No sé cuánto, pero fue un buen rato. Junté las rodillas, bien pegadas, y pensé en todo lo que había pasado en tan pocos minutos y en la posibilidad de que alguno de los chicos del colegio hubiera visto el espectáculo de mi bombacha. Cuando me puse derecha el jumper se estiró y mi cola tocó parte del plástico de la silla. A veces la enfermera entraba o salía del consultorio y se escuchaba a mis padres discutir. Una vez que me estiré un poquito llegué a ver a Abi moverse inquieta en una de las camillas, y supe que, al menos ese día, no iba a morirse. Y todavía esperé un rato más. Entonces un hombre vino y se sentó al lado mío. No sé de dónde salió, no lo había visto antes.

—¿Qué tal? —preguntó.

Pensé en decir muy bien, que es lo que siempre contesta mamá si alguien le pregunta, aunque acabe de decir que la estamos volviendo loca.

–Bien –dije.

–¿Estás esperando a alguien?

Lo pensé. No estaba esperando a nadie o, al menos, no es lo que quería estar haciendo en ese momento. Así que negué y él dijo:

–¿Y por qué estás sentada en la sala de espera?

Entendí que era una gran contradicción. Él abrió un pequeño bolso que tenía sobre las rodillas. Revolvió un poco, sin apuro. Después sacó de una billetera un papelito rosado.

–Acá está, sabía que lo tenía en algún lado.

El papelito tenía el número 92.

–Vale por un helado, yo te invito –dijo.

Le dije que no. No hay que aceptar cosas de extraños.

–Pero es gratis, me lo gané.

–No.

Miré al frente y nos quedamos en silencio.

–Como quieras –dijo él, sin enojarse.

Sacó del bolso una revista y se puso a llenar un crucigrama. La puerta del consultorio volvió a abrirse y escuché a papá decir «no voy acceder a semejante estupidez». Me acuerdo porque ese es el punto final de papá para casi cualquier discusión, pero el hombre no pareció escucharlo.

–Es mi cumpleaños –dije.

«Es mi cumpleaños –repetí para mí misma–, ¿qué debería hacer?». Él dejó el lápiz marcando un casillero y me miró con sorpresa. Asentí sin mirarlo, consciente de tener otra vez su atención.

—Pero... —dijo y cerró la revista—, es que a veces me cuesta entender a las mujeres. Si es tu cumpleaños, ¿por qué estás en una sala de espera?

Era un hombre observador. Me enderecé otra vez en mi asiento y vi que, aun así, apenas le llegaba a los hombros. Él sonrió y yo me acomodé el pelo. Y entonces dije:

—No tengo bombacha.

No sé por qué lo dije. Es que era mi cumpleaños y yo estaba sin bombacha, y era algo en lo que no podía dejar de pensar. Él todavía estaba mirándome. Quizá se había asustado, u ofendido, y entendí que, aunque no era mi intención, había algo grosero en lo que acababa de decir.

—Pero es tu cumpleaños —dijo él.

Asentí.

—No es justo. Uno no puede andar sin bombacha el día de su cumpleaños.

—Ya sé —dije, y lo dije con mucha seguridad, porque acababa de descubrir la injusticia a la que todo el show de Abi me había llevado.

Él se quedó un momento sin decir nada. Luego miró hacia los ventanales que daban al estacionamiento.

—Yo sé dónde conseguir una bombacha —dijo.

—¿Dónde?

—Problema solucionado. —Guardó sus cosas y se incorporó.

Dudé en levantarme. Justamente por no tener bombacha, pero también porque no sabía si él estaba diciendo la verdad. Miró hacia la mesa de entrada y saludó con una mano a las asistentes.

—Ya mismo volvemos —dijo, y me señaló—. Es su cumpleaños. —Y yo pensé «por dios y la virgen María, que no diga nada de la bombacha», pero no lo dijo: abrió la puerta, me guiñó un ojo, y yo supe que podía confiar en él.

Salimos al estacionamiento. De pie yo apenas le pasaba de la cintura. El coche de papá seguía junto a las ambulancias, un policía le daba vueltas alrededor, molesto. Me quedé mirándolo y él nos vio alejarnos. El aire me envolvió las piernas y subió, acampanando mi jumper; tuve que caminar sosteniéndolo, con las piernas bien juntas.

Él se volvió para ver si lo seguía y me vio luchando con mi uniforme.

—Mejor vamos pegados a la pared.

—Quiero saber a dónde vamos.

—No te pongas quisquillosa, *darling*.

Cruzamos la avenida y entramos en un shopping. Era un shopping bastante feo, no creo que mamá lo conociera. Caminamos hasta el fondo, hacia una gran tienda de ropa, una realmente gigante que tampoco creo que mamá conociera. Antes de entrar él dijo «no te pierdas» y me dio la mano, que era fría y muy suave. Saludó a las cajeras con el mismo gesto que les había hecho a las asistentes a la salida del hospital, pero no vi que nadie le respondiera. Avanzamos entre los pasillos de ropa. Además de vestidos, pantalones y remeras, había ropa de trabajo: cascos, jardineros amarillos como los de los basureros, guardapolvos de señoras de limpieza, botas de plástico, y hasta algunas herramientas. Me pregunté si él compraría su ropa ahí y si usaría alguna de esas cosas y entonces también me pregunté cómo se llamaría.

—Es acá —dijo.

Estábamos rodeados de mesadas de ropa interior masculina y femenina. Si estiraba la mano podía tocar un gran contenedor de bombachas gigantes, más grandes que las que yo podría haber visto alguna vez, y a solo tres pesos cada una. Con una de esas bombachas podían hacerse tres para alguien de mi tamaño.

–Esas no –dijo él–, acá. –Y me llevó un poco más allá, a una sección de bombachas más pequeñas–. Mirá todas las bombachas que hay… ¿Cuál será la elegida, *my lady*?

Miré un poco. Casi todas eran rosas o blancas. Señalé una blanca, una de las pocas que había sin moño.

–Esta –dije–. Pero no tengo para pagar.

Se acercó un poco y me dijo al oído:

–Eso no hace falta.

–¿Sos el dueño?

–No. Es tu cumpleaños.

Sonreí.

–Pero hay que buscar mejor. Estar seguros.

–Ok, *darling* –dije.

–No digas «Ok, *darling*» –dijo él–, que me pongo quisquilloso. –Y me imitó sosteniéndome la pollera en la playa de estacionamiento.

Me hizo reír. Y cuando terminó de hacerse el gracioso dejó frente a mí sus dos puños cerrados y así se quedó hasta que entendí y toqué el derecho. Lo abrió: estaba vacío.

–Todavía podés elegir el otro.

Toqué el otro. Tardé en entender que era una bombacha porque nunca había visto una negra. Y era para chicas, porque tenía corazones blancos, tan chiquitos que parecían lunares, y la cara de Kitty al frente, donde suele estar ese moño que ni a mamá ni a mí nos gusta.

–Hay que probarla –dijo.

Apoyé la bombacha en mi pecho. Él me dio otra vez la mano y fuimos hasta los probadores, que parecían estar vacíos. Nos asomamos. Él dijo que no sabía si podría entrar porque esos eran solo para mujeres. Que tendría que hacerlo sola. Era lógico porque, a menos que sea alguien muy conocido, no está bien que te vean en bombacha. Pero me daba miedo entrar sola al probador, entrar sola o algo peor: salir y no encontrar a nadie.

—¿Cómo te llamás? —pregunté.

—Eso no puedo decírtelo.

—¿Por qué?

Él se agachó. Así quedaba casi a mi altura, o por ahí yo unos centímetros más alta.

—Porque estoy ojeado.

—¿Ojeado? ¿Qué es estar ojeado?

—Una mujer que me odia dijo que la próxima vez que yo diga mi nombre me voy a morir.

Pensé que podía ser otra broma, pero lo dijo todo muy serio.

—Podrías escribírmelo.

—¿Escribirlo?

—Si lo escribieras no sería decirlo, sería escribirlo. Y si sé tu nombre puedo llamarte y no me daría tanto miedo entrar sola al probador.

—Pero no estamos seguros. ¿Y si para esa mujer escribir es también decir? ¿Si con decir ella se refirió a dar a entender, a informar mi nombre del modo que sea?

—¿Y cómo se enteraría?

—La gente no confía en mí y soy el hombre con menos suerte del mundo.

—Eso no es verdad, eso no hay manera de saberlo.

—Yo sé lo que te digo.

Miramos juntos la bombacha, en mis manos. Pensé en que mis padres podrían estar terminando.

—Pero es mi cumpleaños —dije.

Y quizá lo hice a propósito, así lo sentí en ese momento: los ojos se me llenaron de lágrimas. Entonces él me abrazó, fue un movimiento muy rápido, cruzó sus brazos sobre mi espalda y me apretó tan fuerte que la cara me quedó hundida en su pecho. Después me soltó, sacó su revista y su lápiz, escribió algo en el margen derecho de la tapa, lo arrancó y lo dobló tres veces antes de dármelo.

–No lo leas –dijo, se incorporó y me empujó suavemente hacia los cambiadores.

Dejé pasar cuatro vestidores vacíos, siguiendo el pasillo y, antes de juntar valor y meterme en el quinto, guardé el papel en el bolsillo de mi jumper, me volví para verlo y nos sonreímos.

Me probé la bombacha. Era perfecta. Me levanté el jumper para ver bien cómo me quedaba. Era tan, pero tan perfecta. Me quedaba increíblemente bien, papá nunca me la pediría para revolearla detrás de las ambulancias e incluso, si llegara a hacerlo, no me daría tanta vergüenza que mis compañeros la vieran. Mirá que bombacha tiene esta piba, pensarían, qué bombacha tan perfecta. Me di cuenta de que ya no podía sacármela. Y me di cuenta de algo más, y es que la prenda no tenía alarma. Tenía una pequeña marquita en el lugar donde suelen ir las alarmas, pero no tenía ninguna alarma. Me quedé un momento más mirándome al espejo, y después no aguanté más y saqué el papelito, lo abrí y lo leí.

Salí del probador y él no estaba donde nos habíamos despedido, pero sí un poco más allá, junto a los trajes de baño. Me miró, y cuando vio que no tenía la bombacha a la vista me guiñó un ojo y fui yo la que lo tomó de la mano. Esta vez me sostuvo más fuerte, a mí me pareció bien y caminamos hacia la salida. Confiaba en que él sabía lo que hacía. En que un hombre ojeado y con la peor suerte del mundo sabía cómo hacer esas cosas. Cruzamos la línea de cajas por la entrada principal. Uno de los guardias de seguridad nos miró acomodándose el cinto. Para él mi hombre sin nombre sería mi papá, y me sentí orgullosa. Pasamos los sensores de la salida, hacia el shopping, y seguimos avanzando en silencio, todo el pasillo, hasta la avenida. Fue cuando vi a Abi, sola, en medio del estacionamiento. Y vi a mamá más cerca, de este lado de la avenida, mirando hacia las esquinas. Papá también venía hacia nosotros desde el estacionamiento. Seguía a paso rápido al policía que antes miraba su coche y en cambio ahora nos señalaba. Pasó todo muy rápido. Papá nos vio, gritó mi nombre y unos segundos después el policía y dos más que no sé de dónde salieron ya estaban sobre nosotros. Él me soltó, pero dejé unos segundos mi mano suspendida hacia él. Lo rodearon y lo empujaron de mala manera. Le preguntaron qué estaba haciendo, le preguntaron su nombre, pero él no respondió. Mamá me abrazó y me revisó de arriba abajo. Tenía mi bombacha blanca enganchada en la mano derecha. Entonces, tanteándome, notó que llevaba otra bombacha. Me levantó el jumper en un solo movimiento: fue algo tan brusco y grosero, delante de todos, que yo tuve que dar unos pasos hacia atrás para no caerme. Él me miro, yo lo miré. Cuando mamá vio la bombacha negra gritó «hijo de puta, hijo de puta», y papá se tiró sobre él y trató de pegarle. Los guardias intentaron separarlos. Yo busqué el papel en mi jumper, me lo puse en la boca y, mientras me lo tragaba, repetí en silencio su nombre, varias veces, para no olvidármelo nunca.

Salir

TRES RELÁMPAGOS ILUMINAN la noche y alcanzo a ver algunas terrazas sucias y las medianeras de los edificios. Todavía no llueve. Los ventanales del balcón de enfrente se abren y una señora en pijama sale a recoger la ropa. Todo esto veo mientras estoy sentada en la mesa del comedor frente a mi marido, tras un largo silencio. Sus manos abrazan el té ya frío, sus ojos rojos siguen mirándome con firmeza. Espera a que sea yo la que diga lo que hay que decir. Y porque siento que sabe lo que tengo que decir, ya no puedo decirlo. Su frazada está tirada a los pies del sillón, y en la mesa ratona hay dos tazas vacías, un cenicero con colillas y pañuelos usados. *Tengo que decirlo,* me digo, porque es parte del castigo que ahora me toca. Me acomodo la toalla que me envuelve el pelo húmedo, ajusto el nudo de mi bata. *Tengo que decirlo,* me repito, pero es una orden imposible. Y entonces algo sucede, algo en los músculos complicado de explicar. Sucede paso a paso sin que alcance a entender exactamente de qué se trata: simplemente empujo la silla hacia atrás y me incorporo. Doy dos pasos al costado y me alejo. *Tengo que decir algo,* pienso, mientras mi cuerpo da otros dos pasos y me apoyo contra el mueble de los platos, las manos tanteando la madera, sosteniéndome. Veo la puerta de salida, y, como sé que él todavía me mira, yo me esfuerzo en evitarlo. Respiro, me concentro. Doy un paso al costado alejándome un poco más. Él no dice nada, y me animo a dar otro paso. Mis pantuflas están cerca y, sin soltarme de la madera del mueble, estiro los pies, las empujo hacia mí y me las pongo. Los movimientos son lentos, pausados. Suelto las manos, piso un poco más allá, hasta la alfombra, junto aire, y en solo tres pasos largos cruzo el living, salgo de casa y cierro. Se escucha mi respiración agitada en el pasillo del edificio, a oscuras. Me quedo un momento con la oreja apoyada contra la puerta, intentando escuchar ruidos dentro, su silla al incorporarse o sus pasos hacia acá, pero todo está en completo silencio. *No tengo llaves,* me digo, y no estoy segura de si eso me preocupa. *Estoy desnuda bajo la bata.* Soy consciente del problema, de todo el problema, pero de alguna manera mi estado, este insólito estado de alerta, me libera de cualquier tipo de juicio. Las luces de los tubos parpadean y luego el pasillo queda ligeramente verde. Voy al ascensor, lo llamo y llega enseguida. Las puertas se abren y un hombre se asoma sin sacar su mano de los botones. Me invita a pasar con un gesto cordial. Cuando las puertas se cierran siento un fuerte perfume a lavanda, como si acabaran de limpiar, y la luz, ahora cálida y muy cerca de nuestras cabezas, me alivia y reconforta.

—¿Sabe qué hora es, señorita?

Su voz grave me confunde y es difícil saber si lo que dijo es una pregunta o un reproche. Es un hombre muy petiso, me llega a los hombros, pero es mayor que yo. Parece ser uno de los encargados del edificio o personal contratado para reparar algo en particular, aunque conozco a los dos encargados y es la primera vez que veo a este hombre. Casi no tiene pelo. Lleva abierto un mameluco gastado y debajo una camisa limpia y planchada que le da un aire fresco, o profesional. Niega, quizá para sí mismo.

–Mi mujer va a matarme –dice.

No pregunto, no me interesa saber. Me siento cómoda en su compañía, descendiendo, pero no tengo ganas de escuchar. Los brazos me cuelgan a los lados, sueltos y pesados, y me doy cuenta de que estoy relajada, de que salir del departamento me está haciendo bien.

–No quiero ni contarle –dice el hombre, y vuelve a negar.

–Se lo agradezco –digo. Y sonrío, para que no se lo tome a mal.

–Ni contarle.

Nos despedimos en el hall con un gesto de asentimiento.

–Le deseo muchísima suerte –dice.

–Gracias.

El hombre se aleja hacia el estacionamiento y yo salgo por la puerta principal. Es de noche, aunque no podría decir exactamente qué hora. Camino hasta la esquina para ver cuánto movimiento hay en la avenida Corrientes, todo parece dormido. Junto al semáforo me quito la toalla de la cabeza, que dejo colgando del brazo, y me acomodo un poco el pelo hacia atrás. Los días de esta semana fueron húmedos y calurosos, pero ahora una brisa agradable llega desde Chacarita, fresca y perfumada, y camino hacia allá. Pienso en mi hermana, en lo que hace mi hermana, y me dan ganas de contárselo a alguien. A la gente le interesa mucho lo que hace mi hermana y a mí me gusta, cada tanto, contar cosas que a la gente le interesen. Entonces sucede algo que, de alguna manera, estoy esperando. Quizá porque un segundo antes de escuchar la bocina ya he pensado en él, en el hombre del ascensor, y por eso no me incomoda su coche arrimándose, su sonrisa, y pienso *podría contarle sobre mi hermana*.

—¿Puedo alcanzarla a algún lado?

—Sí podría —digo—, pero la noche está muy linda para meterse en un coche.

Él asiente, mi observación parece cambiar de alguna forma sus planes. Detiene el coche y me acerco. Él dice:

—Voy para mi casa porque mi mujer va a matarme, y tengo que estar ahí para que suceda.

Asiento.

—Es un chiste —dice.

—Sí, claro —digo y sonrío.

Él también sonríe y me gusta su sonrisa. Dice:

—Pero podríamos bajar las ventanillas, todas las ventanillas, e ir con el coche bien despacio.

—¿Cree que molestaríamos a alguien, yendo tan despacio?

Mira la avenida hacia adelante y hacia atrás, tiene algo de pelo en la nuca, pelusa apenas rojiza.

—No, si casi no hay nadie en la calle. Podríamos hacerlo así sin problema.

—Bueno —digo.

Doy la vuelta y me acomodo en el asiento de acompañante. Él baja las ventanas y corre el vidrio del techo. El coche es viejo pero cómodo y huele a lavanda.

—¿Por qué va a matarlo su mujer? —pregunto, porque para contar lo de mi hermana primero pregunto por algo de los demás.

Él pone primera y por un momento se concentra en el embrague y el acelerador, mueve el coche lentamente, hasta encontrar una velocidad confortable, me mira y yo asiento con aprobación.

–Hoy es nuestro aniversario y quedamos en que yo iba a pasar por ella a las ocho, para ir a cenar. Pero hubo un problema en el techo del edificio. ¿Está al tanto?

El aire circula por mis brazos y mi nuca, ni frío ni caliente. *Perfecto,* pienso, *esto es todo lo que necesitaba.*

–¿Usted es el nuevo encargado del edificio?

–Bueno, que se diga «nuevo»… Hace seis meses que estoy en el edificio, señorita.

–¿Y es techista también?

–Soy escapista, en realidad.

Vamos pegados a la vereda, casi siguiendo a una señora que avanza a paso rápido con una bolsa de supermercado vacía y que nos mira de reojo.

–¿Escapista?

–Arreglo los escapes de los coches.

–¿Está seguro de que eso es lo que hace un escapista?

–Se lo puedo asegurar.

La mujer de la vereda nos mira molesta, camina más despacio para obligarnos a pasarla.

–Cuestión que ahora es demasiado tarde para ir a cenar, y ella debe haberme esperado durante horas. Ya es tan tarde que los restaurantes deben estar cerrando.

–¿La llamó para avisarle del retraso?

Él niega, consciente del error.

–¿No quiere llamarla por teléfono?

–No, realmente no me parece una buena idea.

–Bueno, entonces no hay mucho que hacer. No puede tomar ninguna decisión hasta no llegar y ver cómo está ella.

–Eso mismo pienso yo.

Miramos hacia adelante. La noche es silenciosa y no tengo nada de sueño.

—Yo voy a lo de mi hermana.

—Pensé que su hermana vivía en el mismo edificio.

—Trabaja en el edificio, tiene su taller dos pisos sobre el mío. Pero vive en otro lugar. ¿La conoce? ¿Sabe a qué se dedica mi hermana?

—Disculpe, ¿le molesta si paro un momento? Me dieron muchas ganas de fumar.

Detiene el coche frente a un kiosco, apaga el motor y se baja. *Qué genial va todo hasta acá*, me digo. *Qué bien me siento ahora mismo.* Pero parece haber algo especial en todo esto que se me está escapando, *¿algo como qué?*, me pregunto, tengo que saber qué es lo que está funcionando para retenerlo y replicarlo, para poder volver a este estado cuando lo necesite.

—¡Señorita!

El escapista me hace señas desde el kiosco para que me acerque. Dejo la toalla en el asiento de atrás y bajo.

—No tenemos cambio, ninguno de los dos —dice el escapista señalando al hombre del kiosco.

Me esperan. Busco cambio en los bolsillos de mi bata.

—¿Se encuentra bien? —dice el hombre del kiosco.

Concentrada todavía en los bolsillos, tardo en entender que la pregunta va dirigida a mí.

—Tiene el pelo mojado. Así —dice señalándome extrañado—, como recién salida de la ducha. —Mira también mi bata aunque no dice nada sobre eso—. Solo diga que está bien y seguimos con el tema del cambio.

—Estoy bien —digo—, pero tampoco traigo cambio.

El hombre asiente una vez, desconfiado, y después se agacha tras el mostrador. Lo escuchamos hablar para sí mismo, decirse que en algún lado, entre las cajas, guarda siempre unas monedas extra. El escapista me mira el pelo. Tiene el entrecejo fruncido y por un momento temo que algo se quiebre irremediablemente, algo de este bienestar.

–Sabe –el hombre del kiosco vuelve a asomarse–, atrás tengo un secador. Si quiere…

Miro al escapista, alerta a su reacción. No quiero, no quiero secármelo, pero tampoco quiero negarle nada a nadie.

–Estamos en eso –dice el escapista señalando el coche–, ¿ve? Conducimos con las ventanas bajas, en primera, y hace mucho calor. En un rato el pelo va a estar sequísimo.

El hombre mira hacia el coche. Tiene en la mano unas monedas, que aprieta y afloja un par de veces antes de volver a mirarnos y entregárselas al escapista.

–Gracias –digo cuando salimos.

El hombre del kiosco no parece convencido con mi actitud y, aunque se aleja hacia las heladeras, se vuelve todavía un par de veces para mirarnos. Afuera el escapista me ofrece un cigarrillo, pero le digo que ya no fumo y me apoyo en el coche dispuesta a esperar. Él prende uno y fuma exhalando el aire hacia arriba, como hace mi hermana. Pienso que es una buena señal, y que, otra vez en marcha, recuperaremos lo que sea que perdimos en el kiosco.

–Compremos algo –digo de pronto–, para su mujer. Algo que a ella le guste y con lo que usted pueda demostrar que su retraso no fue mal intencionado.

–¿Mal intencionado?

–Flores, o algo dulce. Mire, ahí en la otra esquina hay una estación de servicio. ¿Caminamos?

Asiente y cierra el coche. Las ventanas quedan abiertas, tal como habíamos acordado al empezar el paseo. *Eso está muy bien,* me digo. Y avanzamos hacia la esquina. Los primeros pasos son desordenados. Él camina cerca del cordón, sin ritmo, cruza a veces los pies, sorprendido por su propia torpeza. *No encuentra el paso,* me digo, *hay que ser paciente.* Dejo de mirar para no incomodarlo. Miro el cielo, el semáforo, me doy vuelta para ver cuánto nos alejamos del coche. Me acerco un poco intentando recuperar una distancia de comunicación. Camino un poco más despacio, a ver si eso ayuda, pero termina alejándolo a él hacia delante, hasta que se detiene. Fastidiado, se vuelve hacia mí y me espera. Cuando volvemos a juntarnos coincidimos en un par de pasos, pero enseguida estamos otra vez desincronizados. Entonces me detengo yo.

—No está funcionando —digo.

Él da unos pasos más, rodeándome desconcertado, mirando nuestros pies.

—Volvamos —dice—, todavía podemos seguir con el coche.

Un subte pasa más abajo, la vereda tiembla y una oleada de aire caliente sube desde las bocas enrejadas del piso. Niego. Unos metros más atrás, el hombre del kiosco se asoma y nos mira. *Ya no es el camino correcto,* pienso, *todo venía saliendo tan bien.* Él se ríe, triste. Mi cuerpo se contrae, siento rígidas las manos y la nuca.

—Esto no es un juego —digo.

—¿Cómo dice?

—Esto es muy serio.

Se queda quieto, desaparece su sonrisa. Dice:

—Discúlpeme, pero ya no sé si entiendo bien lo que está pasando.

Lo perdimos, pienso, *se fue.* Él se queda mirándome, pero hay un brillo en sus ojos, un segundo en el que los ojos del escapista me miran y parecen entender.

—¿Quiere contarme lo de su hermana?

Niego.

—¿Quiere que la alcance al departamento?

—Son ocho cuadras, mejor vuelvo sola. Usted llame a su mujer. Es probable que ahora sí quiera llamarla. —Corto unas flores, tres flores que sobresalen a unos metros desde las rejas de un edificio—. Tome, déselas en cuanto llegue.

Las agarra sin dejar de mirarme.

—Le deseo muchísima suerte —digo, recordando sus palabras en el ascensor, y empiezo a alejarme.

Paso junto al coche y saco mi toalla por la ventanilla de atrás. Cruzo de vereda, regreso. Espero un semáforo, llevo la toalla colgada del brazo como la llevaría un mozo. Me miro los pies, las chinelas, me concentro en el ritmo, tomo mucho aire y lo largo con prolijidad, consciente de su sonido y su intensidad. *Este es mi modo de caminar,* pienso. *Este es mi edificio. Esta es la clave de la puerta principal. Este es el botón del ascensor que me llevará a mi piso.* Las puertas se cierran. Cuando se abren las luces del pasillo vuelven a parpadear. Frente a mi departamento me envuelvo el pelo otra vez con la toalla. La puerta no tiene llave. Abro despacio y todo, todo en el living y en la cocina, está aterradoramente intacto. La frazada está tirada a los pies del sillón, las colillas y las tazas sobre la mesa ratona. Están los muebles, todos los muebles en su sitio, guardando y sosteniendo todos los objetos que puedo recordar. Y él todavía está en la mesa, esperando. Levanta la cabeza de sus brazos cruzados y me mira. *Salí un momento,* pienso. Sé que me tocaba hablar a mí, pero si él pregunta, eso es todo lo que voy a decir.

Esta octava edición española de
Siete casas vacías
de Samanta Schweblin,
obra ganadora del
IV Premio Internacional de Narrativa Breve Ribera del Duero,
se terminó de imprimir
el 30 de abril de 2022